GERHARD PFLANZ

SALTIUS

-

GERMANE IN RÖMISCHEN DIENSTEN

AF237541

Buch

Die Geschichte schließt an das Buch „Yako - Der Chatte" (sprich Katte) an, hat aber eine in sich abgeschlossene Handlung.

Die beginnende Völkerwanderung erschüttert das Leben der Grenzbewohner am Limes und die Grenzen des Römischen Reiches. Die Geschicke des 17-jährigen Gernot, Sohn des Bauern Yako aus dem Walddorf Schwarzfeld sowie des in den Diensten der Römer stehenden Germanen Saltius, stehen im Mittelpunkt des spannenden Geschehens.

Der Schauplatz ist die Region zwischen Rhön und Vogelsberg im heutigen Hessen, dem Siedlungsgebiet der Chatten zur Römerzeit. Die Ortsnamen aus diesem Gebiet wurden leicht verändert von bestehenden Orten übernommen.

Die Handlung ist erfunden, Ähnlichkeiten von Namen oder Personen sind rein zufällig und nicht beabsichtigt.

Autor

Gerhard Pflanz, in Schlitz/Hessen geboren, schreibt aus Leidenschaft. Neben dem Schreiben zählt für den Dipl. Ing. und Vater von drei Kindern vor allem seine Familie. Der Autor lebt im hohen Norden im Landkreis Cuxhaven.
Web: http://www.pflanz-web.de
Mail: autor@pflanz-web.de

Weitere Titel von Gerhard Pflanz

Yako - Der Chatte
Geschichten für Melissa
Kriegsende in Schlitz
Technisches Wörterbuch (deutsch/engl., engl./deutsch)

Gerhard Pflanz

Saltius

-

Germane in römischen Diensten

Eine Geschichte aus dem dritten Jahrhundert nach
Christus an der Grenze zwischen Römern und Germanen
im Land der Chatten

Roman

Zeichnungen

von Horst Richter

Bibliografische Information der Deutschen
Nationalbibliothek:
Die Deutsche Nationalbibliothek verzeichnet diese
Publikation in der Deutschen Nationalbibliografie;
detaillierte bibliografische Daten sind im Internet über
http://dnb.dnb.de abrufbar.

© 2021 Gerhard Pflanz

Zeichnungen: Horst Richter

Herstellung und Verlag: BoD – Books on Demand,
Norderstedt

1. Auflage 2021

ISBN: 978-3-7543-0075-6

Inhaltsverzeichnis

Abbildungsverzeichnis

Personenverzeichnis

Einwohner von Schwarzfeld

Yako	Bauer
Ulka	seine Gefährtin
Gernot	der Sohn
Ulf	der jüngere Sohn
Sanolf	Yakos Bruder
Bolgur	Bauer auf einem benachbarten Hof
Ernal	sein Sohn
Rodulf	Bauer, Yakos Vater
Brigga	seine Gefährtin
Wandur	Bauer und Seher im Dorf
Nelda	seine Gefährtin
Herlind	die Tochter
Helmfried	Bauer und Dorfschmied
Hordula	sein Sohn

Im Römerkastell

Saltius	ausscheidender Centurio
Marcellus	der neue Centurio
Lucius	Decurio (Unteroffizier)
Gaius	ebenso
Irvin	Späher in der Erkundungstruppe

Landgut von Saltius

Saltius	Besitzer und ehemaliger Centurio
Herdis	seine Gefährtin
Faustus	Torwächter

Im Steinbruch

Gunnar	Besitzer und Sklavenhalter
Gerda	Magd beim Sklavenhalter
Bertram	Aufseher
Hilgert	Sklave
Martius	handelt mit Sklaven

Kate des Fluchthelfers

Halvor	der Alte
Helga	seine Gefährtin

Beim Fischer

Svea	junge Frau
Willis	ihr Vater
Alwin	Fischer

Bei den Fremdlingen

Der lange Kerl	Häuptling
Alkur	neu gewählter Häuptling
Irina	Sprachkundige

Übersichtskarte

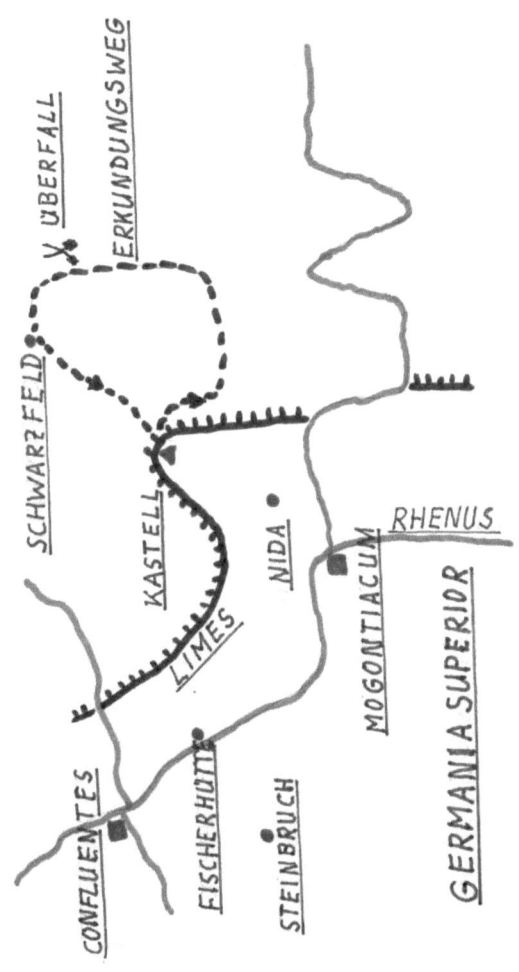

Übersichtskarte

01
EIN NEUER CENTURIO

Die Reiter waren an ihrer Kleidung als römische Offiziere zu erkennen. Der ältere der Beiden deutete in das vor ihnen liegende Tal: „Das ist das Chattendorf Schwarzfeld. Mit den Bewohnern halten wir seit vielen Jahren gute Freundschaft, sonst hätten wir nicht ohne Begleitmannschaft herkommen können."

Sein Begleiter blickte nachdenklich auf die fünf Gehöfte, die im Tal zu sehen waren. „Ich danke Dir, Centurio Saltius, dass Du mir dieses Dorf zeigst, das wird mir den Einstieg in meine Aufgabe erleichtern." „Unser Besuch ist angekündigt Marcellus. Schon mein Vorgänger legte großen Wert auf gute Beziehungen zu den Chatten und ich habe das in den 15 Jahren meines Kommandos im Kastell ebenso gehalten", entgegnete Saltius.

Er war nach dem Abschied von Centurio Frontius zum Nachfolger bestimmt worden, nachdem man ihm für seine Verdienste vorzeitig die römischen Bürgerechte verliehen hatte.

Er hatte durch seine Tätigkeit als Kundschafter und Durchführung von Strafexpeditionen im Chattenland sich als unverzichtbare Hilfe für seinen Befehlshaber erwiesen und war durch dessen Fürsprache sein Nachfolger geworden. Das war eine Ehre, welche für einen Germanen wie Saltius im Normalfall unerreichbar war. Dagegen war sein jetziger Nachfolger Marcellus römischer Bürger von Geburt als Sohn eines hochrangigen Verwaltungsbeamten beim Legatus Augusti, dem Statthalter der Provinz.

Der erste Hof war erreicht, sie machten einen Bogen um die schon bestellten Felder und erreichten an diesem sonnigen Frühlingstag das Langhaus von Yako.

Langhaus von Yako

„Das ist das Haus von meinem Freund Yako, ich weiß, wie er es vor 17 Jahren gebaut hat." Vor ihnen lag ein großes Langhaus mit Schilf gedecktem Dach und zwei

Lagerschuppen in kleinerer Bauweise. Die ganze Hofstelle war von einem Zaun aus Holzpfählen und Weidengeflecht umgeben. Zwei Pferde, Schafe und Rinder weideten innerhalb und außerhalb des Zaunes.

Aus dem Eingangstor des Hauses kam ihnen ein stattlicher Mann mit einem gestutzten blonden Bart entgegen und begrüßte sie freundlich. Es war Yako, der Bauer. Er zählte vierunddreißig Winter und war von kräftiger Statur.

„Willkommen in Schwarzfeld, ich grüße euch", sagte er zu den beiden Ankömmlingen. „Das ist Marcellus aus dem Kastell, den ich dir vorstellen wollte", entgegnete Saltius. „Sei auch du willkommen auf meinem Hof und kommt in mein Haus", Yako war kein vornehmer Schönredner, aber man spürte seine herzliche Freundlichkeit in seinem Benehmen.

Im Haus begrüßte sie Yakos Gefährtin Ulka und der gemeinsame Sohn Gernot, Saltius als alten Bekannten, Marcellus wurde als neuer Gast willkommen geheißen. Ulka war etwa gleichaltrig wie Yako und eine voll erblühte Schönheit, nur an ihren Händen konnte der aufmerksame Beobachter ihre Jahre harter Bauernarbeit erkennen. Der Sohn ähnelte seinem Vater, obwohl er mit seinem Alter von siebzehn Wintern feingliedriger war. Der zweite Sohn Ulf war zu den Großeltern in das Nachbarhaus geflüchtet als er die uniformierten Besucher kommen sah. Er war zwei Winter jünger als Gernot.

Saltius kannte Ulka schon seit vielen Jahren und hatte gelernt seine Gefühle für sie zu unterdrücken, sie war durch ihre Liebe zu Yako unerreichbar für ihn. Marcellus hatte durch seine Geburt in eine privilegierte Gesellschaftsschicht Bescheidenheit nicht gelernt. Für ihn war alles was er sich wünschte auch erreichbar. Und jetzt

13

kam ein zwingender Wunsch in ihm hoch: diese Frau will ich haben! Ulka sah seine bewundernden Blicke, welche sie von Männern gewöhnt war, die ihr aber nichts bedeuteten. Ihr uneingeschränkter Liebling war, trotz aller Ecken und Kanten, die er hatte, immer noch Yako. Noch einer der bei mir nichts erreichen wird, dachte sie.

Die Gäste wurden mit einem kräftigen Mahl bewirtet, es gab Brotfladen mit kaltem Braten und zur Überraschung von Saltius auch einen großen Becher roten Wein. Das war deswegen überraschend, weil Weinstöcke in dem rauen Bergland der Chatten nicht wuchsen.

„Wundere dich nicht über den roten Wein, Saltius", sagte Yako, „wir haben immer noch gute Verbindungen zu Ulkas Eltern im Römergebiet. Dort gedeihen die Weinreben sehr gut und meine Schwester Balde lebt inzwischen dort mit ihrem Gefährten. Du kennst sie noch als kleines Mädchen." Marcellus war nicht weiter überrascht, für ihn war Wein zu jeder Mahlzeit selbstverständlich. Saltius spürte sein anmaßendes Wesen und dachte, seinen Hochmut gegen die Lebensumstände der Chatten muss ich ihm noch austreiben.

Nachdem man sich gestärkt hatte, machten die Männer einen Rundgang um das Anwesen. Stolz zeigte Yako seinen Viehbestand auf den Weiden und die bestellten Felder mit der aufgehenden Saat. Er machte Saltius den Vorschlag bei beginnender Dämmerung die Männer aus dem Dorf in seinem Haus zu versammeln, um Marcellus bekannt zu machen und dieser stimmte gerne zu.

Vier Männer erschienen zur verabredeten Stunde und setzten sich auf die bereitgestellten Bänke den Römern und Yako gegenüber. Das Hoftor wurde aufgerissen und ein Germane stürzte in den Raum mit drohend erhobenem Speer, den er Marcellus auf die Brust setzte und schrie:

14

„Was wollt ihr Fremdlinge, ihr römischen Räuber hier im Chattenland, verschwindet oder wir werden eure Köpfe in die Bäume an unserem Altar hängen."

Es war Ernal der Sohn Bolgurs, welcher auch seinen Bauernhof übernehmen sollte. Er war wie sein Vater Bolgur und der ältere Bruder Jodolf von bärenstarker Gestalt und nach dem Weggang seines älteren Bruders Erbe des Bauernhofes. Jodolf war zum Häuptling nach Hirsfild zunächst als Knecht gegangen, aber inzwischen als Erbe des kinderlosen Ermin eingesetzt.

Der stolze Römer Marcellus saß bewegungslos mit schreckensbleichem Gesicht neben Yako, der lachend sagte: „Es ist gut Ernal, du hast uns einen tüchtigen Schrecken eingejagt, aber wir müssen unseren Gästen gestehen, dass es so verabredet war. Wir wollten zeigen, wie es in alten Zeiten der Feindschaft zwischen Römern und Chatten gewesen ist."

Bei Marcellus saß der Schreck noch tief, Saltius antwortete: „Das war recht deutlich, im Ernstfall wären wir Beide wohl nicht mehr am Leben."

Marcellus hatte seinen Schock fast schon wieder überwunden und bei Betrachtung der messerscharf doppelseitig geschliffenen Speerspitze in der Faust des germanischen Kriegers, sagte er sich, das hätte schiefgehen können.

Obwohl innerlich voller Zorn, lächelte er und hielt Ernal die Hand hin, als Zeichen der Versöhnung.

Die übrigen Männer wussten nichts von diesem Plan und lachten und freuten sich über die gelungene Überraschung. Am meisten freute sich aber Saltius, der dem Hochmut des Marcellus ein Ende machen wollte, gleichzeitig bewunderte er die Klugheit Yakos, der ihm später gestand, dass der Plan von Ulka kam.

15

Yako begrüßte die Anwesenden und bat Saltius sein Anliegen vorzutragen. Saltius kannte alle erschienenen Bauern von seinen früheren Besuchen in Schwarzfeld. Es waren die Bauern Helmfried mit Sohn Hordula, Rodulf, Yakos Vater, Bolgur und Wandur der Seher, sowie der zuletzt erschienene Ernal.

„Männer aus Schwarzfeld", begann er, „es ist euch nicht verborgen geblieben, dass wir alle und natürlich auch ich selbst älter geworden sind und so muss ich euch mitteilen, dass meine Dienstzeit als Befehlshaber im Kastell zu Ende geht. Aus diesem Grund möchte ich euch meinen Nachfolger Marcellus vorstellen, dem ihr als Willkommensgruß genau wie mir einen tüchtigen Schrecken eingejagt habt. Ich war 25 Jahre in römischen Diensten, davon 15 Jahre als Centurio im Kastell und Nachfolger von Frontius, dem ich Dank schulde. Mit euch und euren Stammesbrüdern im Grenzgebiet habe ich immer gute Freundschaft gehalten, das gilt besonders für euch in Schwarzfeld und für die Bewohner von Hirsfild. Oft war es so, dass ihr mit uns im Kastell bessere Freundschaft gehalten habt, als untereinander mit anderen Chattendörfern."

Die Männer murmelten zustimmende Worte, sie wussten wie oft Saltius mit gefährlichen Aufträgen im Chattengebiet war und wie er immer die Lage der Chatten bedacht und ihren Vorstellungen Raum gegeben hatte, sofern es für ihn möglich war. Er fuhr fort: „Ich will nun Marcellus das Wort geben, sicher möchte er euch auch etwas sagen."

Dieser hatte den Schreck inzwischen überwunden, aber der Ärger nagte immer noch an ihm. Das werde ich den Barbaren heimzahlen, dachte er.

„Männer aus Schwarzfeld, ihr seid tüchtige Bauern, das sieht man an den wohlbestellten Felder und euren Gehöften. Ihr seid aber auch tüchtige Kämpfer und wisst euer Hab und Gut zu verteidigen, das habt ihr in der Vergangenheit oft genug bewiesen und uns mit eurem Scherz zu unserer Begrüßung deutlich gemacht.

Ich werde die Nachfolge von Centurio Saltius antreten und freue mich über die Freundschaft mit euch hier im Grenzland. Ich brauche mir also keine Sorgen zu machen, könnte man denken, aber ich will mir eure Freundschaft aufs Neue verdienen damit wir auch die kommenden Jahre gut miteinander auskommen. Dabei hoffe ich auf eure Hilfe und euren guten Willen."

Becher mit Met machten die Runde. Eine Antwort auf die Ansprache von Marcellus kam aus dem Kreis der Bauern nicht, das war nicht ihre Art und: soll er sich doch erst mal unseren guten Willen verdienen, dachten sie.

Saltius war zufrieden, er spürte jedoch den verbliebenen Ärger bei Marcellus. Er muss wissen, dass er es mit freien Bauern zu tun hat, welche ihre eigene Meinung haben und diese auch durchsetzen können.

Ulka erschien wieder, sie hatte zusammen mit den Söhnen Gernot und Ulf einen Besuch in der Nachbarschaft gemacht, setzte sich zwischen die Männer und unter lustigem Geplauder ging das Treffen zu Ende.

0 2
IM KASTELL

Im Kastell wurden die Befehlshaber mit der ihnen zustehenden Achtung empfangen. Marcellus verschwand in seinen Räumen, Saltius rief seinen Sekretär zu sich und fragte nach Neuigkeiten.

„Gestern sind dreißig angeworbene Rekruten hier eingetroffen, Herr. Decurio Lucius ist heute bei Sonnenaufgang mit fünfzehn von ihnen zu einem Marsch ins Gelände aufgebrochen, die restlichen üben hier im Kastell mit Unteroffizier Gaius den Gebrauch der Waffen."

„Waren die Neulinge bereits ausgerüstet?", fragte Saltius.

„Der Decurio hat noch gestern Kleidung und Bewaffnung ausgeben lassen und ist heute mit den voll ausgerüsteten Neulingen losmarschiert. Er begleitet den Marsch zu Pferd und wollte bei Sonnenuntergang wieder zurück sein." „Sind sie ins Chattengebiet marschiert?"

„Nein, Herr, sie marschieren entlang des Limes Richtung Sonnenuntergang auf unserer Seite der Grenze. Der Decurio sagte mir, dass der Doppelschritt geübt werden soll und er etwa zehn Meilen zurücklegen will."

„Das werden die ungeübten Neulinge nicht alle schaffen", gab der Centurio zu bedenken. „Decurio Lucius hat einen Karren mit zwei Pferden beauftragt ihnen zu folgen und Fußkranke aufzusammeln."

Alle Achtung, da hat Lucius an alles gedacht, ich muss ihm ein Lob aussprechen, sobald er zurück ist, dachte Saltius. Gut, dass er mit den Neulingen nicht in das Chattengebiet marschiert ist.

„Es ist gut, bestelle dem Centurio Marcellus, dass ich ihn hier sprechen möchte."

Wenig später erschien Marcellus und fragte: „Hast Du Befehle für mich, Centurio?" Er wählte die noch geltende korrekte Anrede. Für etwa zwei Monate war Saltius noch der Befehlshaber im Kastell und damit auch sein Vorgesetzter.

„Ja, ich habe einen Auftrag für dich. Mache einen Kontrollritt entlang dem Limes in Richtung Mittagssonne und kontrolliere den Zustand der Grenzbefestigung und die Legionäre auf den Wachtürmen. Nimm dir zwei erfahrene Begleiter mit, welche dir der Decurio Gaius nennen kann. Du sollst morgen in der Frühe aufbrechen und am folgenden Tag wieder zurück sein."

Marcellus hatte für die folgenden beiden Tage seinen Auftrag. Sicher wäre ihm eine bequemere Tätigkeit im Kastell lieber gewesen, aber die beschriebene Aufgabe war wichtig für die Sicherheit der römischen Besitztümer diesseits der Grenze und musste durchgeführt werden.

„Falls du es für notwendig hältst, reite auf dem Rückweg auf der Seite der Chatten, die bemerken sollen, dass wir hier im Kastell die Grenze gut im Auge behalten. Gehe aber kein Risiko ein, Ärger haben wir mit den Hitzköpfen schon genug gehabt."

Das war für Marcellus eine interessante Erweiterung seines Auftrages, welche ihm Raum für eigene Entscheidungen gab, zufrieden verabschiedete er sich.

Saltius beschloss die kommenden beiden Tage zu nutzen und sich um den Gutshof zu kümmern, den er in Grenznähe gekauft hatte. Den Grund und Boden hatte er vom Statthalter der Provinz auf Grund der Vollendung seiner 25 Dienstjahre in der römischen Armee erhalten. Der darauf befindliche Gutshof stand aus Altersgründen des vorherigen Besitzers zum Verkauf und Saltius hatte nicht gezögert in dieser fruchtbaren Landschaft das Anwesen zu kaufen.

Ihm fehlte immer noch eine Gefährtin, seine Dienstzeit in der XXII. Legion hatte ihn gehindert eine geeignete Herrin für sein Gut auszuwählen, sein Traum Ulka war vergeben.

In Schwarzfeld war die Freude über den Besuch von Saltius groß gewesen, man dachte aber schon an seinen Abschied in zwei Monden und stand dem Nachfolger abwartend gegenüber.

Yako beschloss seinen Viehbestand zu verkleinern und einen Teil im Kastell zum Verkauf anzubieten.

Sohn Gernot hörte das mit Begeisterung und wollte natürlich mit in das Kastell: „Du bist auch als junger Bursche mit Vieh im Kastell gewesen, Vater", mahnte er seine Rechte an. Der Vater versprach ihn mitzunehmen, wusste aber noch nicht, ob nicht Wandur an seiner Stelle gehen sollte, da dieser auch Vieh verkaufen wollte.

So kam es, dass Wandur und Gernot vier Schafe und vier Rinder einige Tage später zum Kastell trieben. Das war ein mühsames Vorhaben, die Tiere wollten durchaus nicht so wie die Treiber und machten an jeder Stelle an der Gras wuchs oder Blätter erreichbar waren halt, um zu fressen.

Sie waren erleichtert als sie endlich im Kastell waren und die Tiere in ein Gatter treiben konnten. Wandur verhandelte mit dem Marktmeister über den Preis: „Du hast Glück, wir nehmen dein Vieh. Den Preis für ein Schaf setze ich auf 180 Sesterzen, den für ein Rind auf 700 Sesterzen." Wandur war das zu wenig und nach einigem Hin und Her einigte man sich auf 200 und 800 Sesterzen. Das ergab 4000 Messingmünzen, die in Goldmünzen mit 40 Aureus ausbezahlt wurden. Er tauschte dann noch 4 Aureus in Silbermünzen und erhielt 100 Denar.

Er gab Gernot 20 Denar im Wert zu je 4 Sesterzen, da er sich sicher noch einen Wunsch erfüllen, oder für seine Mutter ein Geschenk kaufen wollte. „Frage mich vor einem Kauf, sonst können die Händler zu hohe Preise von dir verlangen."

Gernot begab sich auf Entdeckung durch das Kastell und bestaunte die Gebäude und die Marktstände der Händler. Er fragte nach dem Preis für ein Glücksamulett, aber Wandur meinte: „Das hat deine Mutter schon mehrfach, spare die Münzen, deine Eltern werden dich dafür loben."

Am Exerzierplatz sahen sie den Rekruten zu, die durch ihre Übungen tüchtig ins Schwitzen kamen. Sie besuchten Centurio Saltius der von seinem Gut wieder zurück im Kastell war und berichteten von ihren guten Geschäften mit dem Verkauf ihres Viehs.

„Unsere Schlachter bekommen wieder Arbeit und die Soldaten werden sich über das frische Fleisch freuen", sagte er „Aber ich habe Sorgen mit meinem Gutshof, der

Verwalter ist verstorben und hinterlässt eine Witwe und einen kleinen Sohn. Ich brauche jetzt einen neuen Mann oder muss die Arbeit selbst machen. Mit Hilfe der Frau müsste das gelingen."

Wandur dachte weiter: „Vielleicht ist das die Herrin für deinen Hof die du suchst." Saltius lachte, antwortete aber nicht. So ist das also, dachte Wandur. Gernot hatte schweigend zugehört, er erkannte wieviel Jahre guter Freundschaft nötig waren, wenn ein Germane solche Gespräche mit einem römischen Offizier führen durfte.

„Wie gefällt dir der Militärdienst in unserem Kastell?", wandte Saltius sich an ihn „Du kannst dich anwerben lassen und wirst das ganze römische Reich sehen. Aber 25 Jahre sind eine lange Dienstzeit." Gernot fühlte sich ertappt, er hatte großen Gefallen am Militärdienst empfunden. „Ja, es ist sehr spannend hier zu sein", antwortete er.

„Du hast noch Zeit es dir zu überlegen. Jetzt müsst ihr erst Mal sehen das viele Geld sicher nach Hause zu bringen. Ich werde euch für den ersten Teil des Weges bis nach Sanlot zwei Bewaffnete zum Schutz vor Räuber mitgeben. Wer hier mit Vieh herkommt und nachher allein wieder zurück geht, der hat Geld bei sich, das wissen auch Räuberbanden. Von Sanlot ist es nicht mehr weit nach Schwarzfeld, den Weg schafft ihr bei Tageslicht, da ist die Gefahr nicht so groß."

Marcellus meldete sich von seinem Kontrollritt zurück. Er hatte alles in guter Ordnung vorgefunden. Auf dem Rückweg auf der chattischen Seite des Limes waren er und seine beiden Begleiter mit Schimpfworten bedacht und Steinen beworfen worden. Das war aber wohl nur eine Tat von übermütigem jugendlichem Volk und sie hatten dem keine Beachtung geschenkt.

Mehr Aufregung hatte es bei der Rückkehr der Rekruten von ihrem zehn Meilen Marsch gegeben. Von den fünfzehn Teilnehmern mussten sieben auf dem mitgeschickten Wagen zurückgefahren werden, sie konnten nicht mehr laufen. Der Decurio gab den ungewohnten Stiefeln die Schuld. Die Rekruten waren ausnahmslos Bauernsöhne, welche ihr Leben lang nur selbstgemachte leichte Lederschuhe getragen hatten, an die schweren steifen Stiefel mussten sie sich erst gewöhnen.

Wandur und Gernot übernachteten im Gästehaus und waren früh am nächsten Morgen mit der zugesagten Begleitung unterwegs nach Schwarzfeld.

Eine solche Bewachung erregt allerdings auch Aufmerksamkeit, in Sanlot wurden sie von den Bauern gefragt welche Schätze sie nach Schwarzfeld bringen wollten. Hier war man aber unter Freunden und nach einer Übernachtung erreichten sie am nächsten Tag ihr heimatliches Dorf.

Wandur lieferte Yakos Anteil an dem Verkaufserlös ab und Gernot berichtete begeistert von dem Kastell und der Ausbildung der Rekruten.

0 3
FREMDES VOLK

Ulka sah die Begeisterung des Sohnes für das römische Militär mit Sorge. Besonders jetzt, da der vertraute Befehlshaber bald nicht mehr da war, wollte sie Gernot vom Kastell fernhalten. Aber schon einige Tage später erregte ein anderer Zwischenfall die ganze Aufmerksamkeit der Dorfbewohner.

Fremdes Volk erschien am Waldrand und mit drohend erhobenen Speeren näherten sich zwei Männer dem Hof von Yako. Ulka flüchtete mit Sohn Ulf auf den benachbarten Hof von Rodulf und Brigga, den Eltern Yakos. Auch hier waren die Männer nicht da, Brigga war allein zu Hause. Sie ergriff das bereit liegende Signalhorn und blies mehrmals kräftig hinein. Schon nach kurzer Zeit stürmten mehrere Männer aus den Feldern herbei, Ulka berichtete in Eile und die Männer, darunter auch Yako mit Gernot, rannten zu seinem Hof.

Die beiden Fremden waren in das Langhaus gegangen und suchten offenbar nach etwas Essbarem. Als sie die

Männer kommen sahen warfen sie ihre Speere auf den Boden, breiteten die Arme aus, um ihre friedlichen Absichten zu zeigen. Die Bauern warfen sich in ihrem Groll auf die Eindringlinge, fesselten und banden sie außen am Haus an Zaunpfähle.

Yako hatte sie noch nie gesehen und fragte: „Was sucht ihr hier, wisst ihr nicht, dass wir Räuber und Diebe am nächsten Baum aufhängen?" Keine Antwort, nur unverständliches Gestammel von den beiden Gefangenen. Es waren zwei Männer im mittleren Alter, die abgemagert aussahen und deren Kleidung in schlechtem Zustand war. „Warum warten, wir wollen ihnen die gerechte Strafe geben. Gib uns Stricke wir wollen sie aufhängen, Yako", rief Bolgur.

Ulka kam angerannt: „Tut ihnen nichts, hier ist eine Frau, die unsere Sprache spricht, hört sie erst einmal an." Hinter ihr stand eine blonde Frau, die zögernd näherkam. Als Yako drohend auf sie zuging, verbarg die Fremde sich Schutz suchend hinter Ulka, die fragte: „Wer seid ihr und was wollt ihr hier, sprich, die Männer tun dir nichts."

„Wir sind Flüchtlinge und seit zwei Wintern unterwegs auf der Suche nach einer neuen Heimat", die Fremde sprach in einem fremd klingenden Dialekt, aber gut verständlich für die Chatten. „Die Männer können euch nicht verstehen, sie sprechen eure Sprache nicht. Ich musste es lernen, ich war zwei Winter als Sklavin, verschleppt bei den Markomannen, bevor unsere Männer mich wieder befreiten."

„Warum musstet ihr flüchten, woher kommt ihr?" fragte Yako. „Unsere Heimat liegt viele Tagereisen Richtung Sonnenaufgang im Land der Skiren. Dort beginnt die Steppe und wir wurden ständig von wilden Reitervölkern überfallen. Ich wurde geraubt und an die

Markomannen verkauft. Nachdem wir das einige Winter ertragen hatten, ist mein gesamtes Dorf geflüchtet. Wir hatten unseren Besitz verloren, von jeder Familie waren Männer und Frauen verschleppt und als Sklaven verkauft worden. Ich hatte Glück, meine Brüder fanden mich und haben mich befreit."

Ulka bot der Frau einen Platz auf einer Bank vor dem Haus an und ließ von Ulf einen Trank und einen Imbiss für die abgemagerte Frau holen.

Nachdem sie sich gestärkt hatte, berichtete sie weiter: „Wir waren ursprünglich viele Wagen", sie hob zweimal beide Hände, da sie scheinbar die Zahlen nicht kannte, „jetzt sind wir nur noch zwei, sie stehen im Wald hinter eurem Haus mit den Alten und unseren Kindern."

Yako sagte zu Gernot: „Gehe hin und sieh dir das an, nimm dir aber jemand mit und vergesst eure Waffen nicht." Ein verhängnisvoller Auftrag für den Sohn, wie sich erweisen sollte.

Schon nach kurzer Zeit kam Gernots Begleiter Hordula allein zurück: „Da sind keine Karren, aber man kann die Spuren sehen, wo sie gestanden und Pferde geweidet haben." „Wo ist Gernot?", fragte Yako. „Er ist den Spuren weiter in den Wald gefolgt, du sollst dir keine Sorgen machen, sobald er weiß, wo die Karren sind, kommt er zurück."

Er kam aber nicht zurück. Nachdem eine geraume Zeit vergangen war, machten die Männer sich auf die Suche in den Wald. Hordula zeigte ihnen die Stelle, wo sie die Spuren gefunden hatten. Alles war unverändert und Yako folgte mit Bolgur und dessen Sohn Ernal den Spuren. Hordula schickte er zurück in das Dorf, welches nicht ohne Schutz bleiben durfte.

Sie folgten den Spuren, bis es dunkel wurde, dann mussten sie umkehren und hofften, dass Gernot inzwischen zurückgekommen war.

Er war nicht zurück, Ulka war voller Sorge und machte Yako Vorwürfe: „Warum hast du dem Jungen diese Aufgabe gegeben, du hättest selbst gehen müssen." Yako antwortete nicht, Ulka hatte recht, aber Hordula als Erwachsener war bei ihm gewesen und wann sollten die jungen Leute ihre Erfahrungen machen, wenn nicht jetzt? Außerdem waren Mütter für noch so treffende Einwände nicht zugänglich, wenn es um ihre Kinder ging. Er erinnerte sich an seine eigenen jungen Jahre und die grausigen Erlebnisse zu dieser Zeit.

Er hatte alles gut überstanden, jetzt hoffte er auf eine baldige Rückkehr von Sohn Gernot. Bei Sonnenaufgang wollte er die Suche mit Hilfe der Nachbarn fortsetzen.

0 4
GEFANGEN

Gernot war der Spur der Karren gefolgt, hatte aber von den Fremden nichts gesehen, bis vor ihm ein bärtiger Mann mit einem Speer auftauchte und ihn in einer unverständlichen Sprache ansprach. „Ich verstehe dich nicht", konnte er noch sagen, dann erhielt er einen schrecklichen Schlag auf den Kopf, fiel zu Boden und verlor das Bewusstsein.

Im Kastell war der traditionelle Sklavenmarkt wie jeden Monat. Der Sklavenhändler mit zwei Gehilfen hatte bereits zwei junge Männer an die Römer verkauft, die für Söldnerdienste verpflichtet wurden. Eine Sklavin für die Küche und Essensausgabe im Kastell konnte er nicht anbieten.

Ein Karren mit einem geknebelten und gefesselten jungen Mann kam, den zwei Fremdlinge zum Verkauf anboten. Es war Gernot. Der Sklavenhändler zahlte zwei Goldstücke für den offenbar gesunden jungen Mann und betrachtete zufrieden seine Beute. Die beiden Fremdlinge verschwanden eilends.

„Du gehörst jetzt mir und wenn du gehorsam bist, wird es dir nicht schlecht gehen", sagte er in germanischer Sprache. „Aber damit du weißt, wie es auch anders sein kann, spüre meine Peitsche." Er schlug Gernot seine Lederpeitsche kräftig quer über das Gesicht. Ein blutunterlaufener Striemen war die Folge. „Das ist das Zeichen für mein Eigentum, vergiss es nicht. Wenn dir das nicht genügt, kann ich dir auch ein M in die Stirn einbrennen, für meinen Namen Martius oder mein Gehilfe", er deutete auf einen der beiden Helfer, „kann dir den Übermut ganz abschneiden." Der größere der beiden Helfer zückte grinsend sein langes geschwungenes Messer.

Gernot quälten starke Kopfschmerzen, er stöhnte, antwortete jedoch nicht. Er war auf der Fahrt mit dem Karren mehrfach heftig geschlagen worden, damit wollten ihn seine Entführer gefügig machen.

Der Sekretär des Centurio erschien und fragte: „Habt ihr noch einen Rekruten für das Kastell?", wandte sich aber gleich wieder ab, als er Yakos Sohn erkannte. „Drei Goldstücke", rief ihm der Sklavenhändler noch nach. Er eilte zum Centurio und berichtete ihm von dem Gefangenen.

Marcellus, der inzwischen die Nachfolge von Saltius als Centurio angetreten hatte, konnte sich ein Schmunzeln nicht verkneifen, kam er seinem dringenden Wunsch näher, Ulka zu besitzen? „Das ist sehr gut", sagte er, „sage dem Händler er soll sofort das Kastell verlassen, über das Geschäft sprechen wir später. Die Chatten werden den Jungen bald hier suchen. Für dich gilt, du weißt von nichts!"

Der Sekretär eilte zu dem Händler, der schnellstens mit seinen beiden Gehilfen und dem Gefangenen aus dem Kastell Richtung römisches Gebiet verschwand.

In Schwarzfeld herrschte große Ungewissheit, Yako war bei Sonnenaufgang mit Bolgur und Ernal im Wald verschwunden, um die Suche fortzusetzen. Schon bald erschien Bolgur mit den beiden Wagen, den Alten und Kindern, die man entdeckt hatte. Von Gernot keine Spur. Die Vermutung lag nahe, dass er entführt worden war.

„Am leichtesten können sie einen Entführten dem Sklavenhändler verkaufen, der regelmäßig zum Kastell kommt, ich werde dorthin reiten", sagte Yako. Bolgur wollte mitkommen. Sie machten sich auf den Rückweg zum Dorf und berichteten über die ergebnislose Suche. „Sattle die beiden Pferde, ich komme sofort", sagte Yako zu Ernal. Ulka fragte: „Was machen wir mit den Fremdlingen?" „Schickt sie nach Hirsfild zum Häuptling, der soll sich um sie kümmern", antwortete Yako.

Bolgur sagte: „Ich komme mit dir, Ernal soll die Fremdlinge zum Häuptling bringen. Nimm dir Hordula als Unterstützung mit", rief er an diesen gewandt. Die Beiden verabschiedeten sich und ließen Ulka voll Zweifel an den Ausgang der Suche zurück.

Am nächsten Nachmittag erreichten die beiden Männer das Kastell. Die Wache ließ sie passieren und der Marktmeister bestätigte, dass ein Sklavenhändler da war, der aber gestern wieder verschwunden sei, nachdem er zwei Germanen verkauft hatte. „Ich muss sofort den Centurio sprechen", sagte Yako. Der Marktmeister meldete sie beim Sekretär an. Der bestätigte den Kauf von zwei Sklaven, welch aber aus einer entfernten Gegend kamen, da man ihren Dialekt nicht verstand.

Er führte die beiden Männer zu den Stallungen, wo man die beiden Sklaven angekettet hatte. Es waren zwei abgemagerte Elendsgestalten, Gernot war nicht dabei. Der Centurio kam, er wollte sich die Gefangenen ansehen. Er erkannte Yako und begrüßte ihn lächelnd: „Was suchst du hier im Kastell, bleibe lieber bei deiner schönen Gefährtin", sagte er. „Ich suche meinen Sohn Gernot, der von Räubervolk entführt wurde. Ich will ihn vor der Sklaverei bewahren und setze auf deine Hilfe Centurio", antwortete Yako.

„Bleibe lieber zu Hause und beschütze deine Gefährtin, hier wissen wir nichts über deinen Sohn. Aber du kannst mir Ulka schicken, ich brauche eine tüchtige Frau in meinem Hausstand, vielleicht erfahren wir dann etwas über deinen Sohn."

Bolgur umklammerte Yako, der sich auf Marcellus stürzen wollte und führte ihn aus dem Gebäude. Hohnlachend sah der Centurio hinter ihnen her.

„Der weiß bestimmt etwas, dieser Schurke, lass uns zu Saltius reiten und um Rat fragen." Bolgur gelang es nur schwer den aufgebrachten Yako zu beruhigen. Sie bestiegen ihre Pferde und ritten zum Tor nach Sonnenuntergang. Dort wurden sie von der Wache aufgehalten, als sie aber ihr Ziel angaben, ließ man sie passieren.

Schon bald erreichten sie ein Landgut, welches von einer Mauer umgeben war, mit einem prächtigen Haus. Es war das Anwesen, welches sich Saltius nach dem Ende seiner Dienstzeit gekauft hatte. Der Wächter am Tor rannte zurück zum Haus, um seinem Herrn die Ankunft zweier Chatten zu melden.

Saltius erschien in der Eingangstür, breitete beide Arme aus und hieß sie Willkommen. An den ernsten Mienen der

31

beiden Besucher sah er, dass etwas nicht stimmte: „Kommt ins Haus und berichtet über eure Familien und euer Dorf."

Eine junge Frau erschien und schenkte Wein ein. „Das ist meine Gefährtin Herdis", stellte Saltius sie vor. Die junge Frau lächelte und freute sich offensichtlich über den Besuch. „Ich freue mich, dass ihr mich besucht, aber nun berichtet zuerst, was euch herführt", sagte der Hausherr.

Yako berichtete: „Fremdlinge sind bei uns im Dorf aufgetaucht, sie erzählen, dass sie vor wilden Völkern flüchten mussten und eine neue Heimat suchen. Wir haben zwei Männer von ihnen gefangen und Kinder und Alte auf zwei Karren im Wald aufgefunden und alle nach Hirsfild geschickt, damit der Häuptling entscheidet, was mit ihnen geschehen soll. Sohn Gernot, der im Wald erkunden sollte, ist nicht wieder zurückgekehrt, wir glauben, dass er entführt wurde. Ulka ist verzweifelt und macht mir große Vorwürfe. Ich habe im Kastell gefragt, dort hat man zwei Gefangene gekauft, Gernot ist nicht dabei."

„Was sagt der Centurio?" Yako wurde weiß vor Zorn: „Der Schurke weiß bestimmt etwas, aber ich soll ihm erst Ulka als Hausfrau schicken, dann finden wir Gernot vielleicht, sagt er."

Saltius dachte, so setzt Marcellus unser gutes Verhältnis zu den Chatten aufs Spiel, das wird er noch einmal bereuen.

Saltius rief seinen Hofwächter: „Faustus, hast du den Wagen des Sklavenhändlers gesehen?" „Ja, der ist vor einem Tag aus dem Kastell gekommen und hatte gute Geschäfte gemacht, er war sehr vergnügt und winkte mir zu."

„War sonst noch jemand auf seinem Wagen?" „Ja, seine zwei Gehilfen und ein Gefangener, den konnte ich aber

nicht richtig sehen, er lag gefesselt auf dem Wagenboden."
„Wo sind sie hingefahren?" „Zum Rhenus, die wollen
bestimmt über den Strom, den Gefangenen auf der
anderen Seite verkaufen."

„Es ist gut, sattle ein Pferd und versuche
herauszufinden, wo sie hingezogen sind."

Yako sprang auf, er wollte mitreiten, aber Saltius hielt
ihn zurück: „Bolgur reite du zu Ulka, beruhige sie, damit
sie nicht auf eigene Faust loszieht zu dem Centurio, der ihr
zum jetzigen Zeitpunkt doch nur leere Versprechungen
machen kann. Wir schicken schnellstens Nachricht, wenn
wir etwas wissen. Yako, bleibe du hier, damit du keine
Nachricht versäumst, ich schicke noch einen anderen
Reiter aus."

Widerstrebend nahm Yako den Rat an, er besprach mit
Saltius weitere Möglichkeiten, wo Gernot geblieben sein
konnte.

Am folgenden Tage kehrten beide Kundschafter ohne
Ergebnis zurück. Der zum Fluss geritten war, hatte auf
Länge eines Tagesrittes das Ufer kontrolliert, aber kein
Fischer hatte den Sklavenhändler, der allgemein bekannt
war, übergesetzt. Das konnte nur im Geheimen bei Nacht
geschehen sein. Den Wagen mit einem Gehilfen hatte man
auf der Fahrt flussaufwärts gesehen.

Saltius dachte nach und sagte zu Yako: „Folgender
Vorschlag: ich reite auf das andere Ufer, dort kenne ich
mich noch ganz gut aus und bin zuversichtlich, dass ich
Gernot finde. Du kehrst zurück nach Hause und sorgst
dafür, dass keine Unbesonnenheiten passieren. Weder von
Ulka noch von anderer Seite." Er beugte den Kopf weit
vor zu Yako und flüsterte: „Egal wie die Geschichte
ausgeht, wir werden uns an dem Schurken M rächen, so
wahr ich dein Freund bin."

Er drückte Yako die Hand und bat ihn nochmals nach Hause zu reiten. Yako wusste, dass er hier mehr nicht erreichen konnte und verabschiedete sich nach einigem Zögern.

0 5
IN DER SKLAVEREI

Bei Nacht wurde Gernot von dem Karren in einen Einbaum geschleppt, der über den Strom gerudert wurde. Auf der anderen Seite des Flusses wurden sie von einem Wagen abgeholt und in der Dunkelheit ging die Fahrt weiter in ein enges Tal, soweit Gernot das im schwachen Mondlicht sehen konnte. Er wurde in eine Hütte gebracht, in der eine Frau am Herdfeuer hantierte.

„Legt ihn hier hin", sagte sie „der sieht ja übel aus." Damit meinte sie wohl Gernots Kopfwunde. Sie säuberte die Wunde und legte einen Verband aus Blättern darüber, den sie mit sauberen Binden befestigte.

„Du wirst dich hier nicht lange ausruhen können, Bursche, dann kommst du an die frische Luft und musst arbeiten", sagte der Sklavenhändler, der zusammen mit einem weiteren Mann ebenfalls in der Hütte war. „Du willst ihn für deinen Steinbruch haben, also gib mir drei Goldstücke und er gehört dir."

„Das ist zu teuer, ich gebe dir zwei Aureus, damit ist die halbe Portion bezahlt."

„Ich habe selbst zwei Goldstücke für ihn bezahlt, so billig kann ich ihn dir nicht abgeben, Gunnar." Gernot hörte dem Geschacher zu und war für einen Augenblick von seinen Schmerzen abgelenkt. „Ich bin ein guter Kunde von dir, bei mir musst du auch mal großzügig sein." „Und ich beliefere dich zuverlässig jedes Jahr und weiß, dass du meine Lieferungen schon teuer weiterverkauft hast."

Schließlich einigten sich die ehrbaren Kaufleute auf einen Preis von 60 Denar, was dem Sklavenhändler einen kleinen Gewinn ließ.

Die Frau flößte Gernot eine kräftigende Fischbrühe ein und erschöpft fiel er in einen tiefen Schlaf. „Gerda, pass gut auf ihn auf, das sind Goldstücke, die hier liegen", sagte der Käufer Gunnar.

Als Gernot am nächsten Tag erwachte hatte man ihm die Fesseln gelöst, aber an den Füßen hatte er zwei Eisenringe, die mit einer Kette miteinander verbunden waren. Er stand auf, legte sich mit starkem Kopfschmerz aber sofort wieder hin. Die Frau kam: „Bleib liegen, du bist noch zu schwach", so verstand er ihr undeutliches Gemurmel. Und so kam es, dass er noch zwei Tage auf seinem Lager ausharrte und sich pflegen ließ, bevor er aufstand und die ersten Schritte machte.

Wenn er geahnt hätte, welch harte Fron ihn erwartete, wäre er bestimmt gerne noch länger in Gerdas Pflege geblieben.

In Schwarzfeld herrschte Ratlosigkeit und Verzweiflung. Gernot, der Stolz seiner Eltern, war verschwunden, geraubt, entführt und sicher schon in die Sklaverei verkauft, fern seiner Heimat. Die Männer hatten den Wald durchspäht bis zum Kastell, aber keine Spur von den Entführern entdeckt. Die nach Hirsfild gebrachten Fremdlinge wussten von nichts. Man musste davon ausgehen, dass die Entführer zwar auch Fremdlinge waren, aber keinen Kontakt zu diesen hatten. Auch unter Androhung der Folter war keine andere Auskunft von ihnen zu erhalten. Der Häuptling hatte ihnen schließlich am Waldrand einen Platz für Hausbau, Wiesen und Felder zugewiesen.

Die Flüchtlinge waren glücklich, nach jahrelanger Flucht und unstetem Leben hatten sie endlich eine neue Heimat gefunden. Sie wussten welch harte Arbeit auf sie zukam, das nahmen sie gerne in Kauf, schmale Zeiten waren sie gewöhnt.

Ulka setzte große Hoffnungen auf Saltius, der das gegenüberliegende Rheinufer ausspähen wollte, wie Yako berichtete. Dem hatte sie verziehen, nachdem ihr klar wurde, dass er genauso unter dem Verlust litt wie sie selbst. Kurze Zeit hatte sie geschwankt, ob sie sich um Hilfe an den neuen Centurio Marcellus wenden sollte, nachdem Yako ihr aber von seinem hochmütigen Gebaren berichtet hatte, siegte ihr Stolz. Nein, diesen Römer würde sie nicht um Hilfe bitten, sondern sich auf die eigenen Bemühungen verlassen.

Ihr war klar, wie das mit Marcellus enden würde, der wollte sie besitzen und würde sein scheinbares Wissen um die Entführung ihr gegenüber ausnutzen, selbst wenn ihm die Vorgänge völlig unbekannt waren.

Yako war von seinen Aufgaben auf dem Hof stark in Anspruch genommen: „Ich werde Saltius etwas Zeit lassen, dann reite ich zu ihm, um das Ergebnis seiner Nachforschungen zu erfahren." „Dann will ich mitkommen", sagte Ulka.

„Das wird nicht gehen, mit dir lässt der Centurio uns nicht durch das Kastell. Ich habe sogar Bedenken, dass er dich von finsteren Helfern aus Schwarzfeld entführen lässt. Er fühlt sich als Herrscher im ganzen Grenzgebiet." Ulka sah ihn erschrocken an. „Ich werde mit den Nachbarn sprechen, bevor ich zu Saltius gehe."

Zwei Gehilfen des Sklavenhalters schleppten Gernot zu einem Steinbruch in den Bergen. Er konnte durch die Kette an seinen Füßen nur in kleinen Schritten gehen. Sie setzten ihn an einen Steinhaufen und gaben ihm einen schweren und einen leichten Hammer sowie einen Meißel.

„Was du tun musst, das erklärt dir der Aufseher Bertram." Ein gebeugt gehender älterer Mann näherte sich: „Ich bin dein Aufseher und werde darauf achten, dass du immer arbeitest. Lass dich nicht von meinem gebeugten Gang täuschen, ich kann die Peitsche noch tüchtig schwingen, wenn es notwendig ist." Er setzte sich neben ihn und nahm den großen Hammer in eine und einen Steinbrocken in die andere Hand: „Du wirst Pflastersteine aus Vulkangestein herstellen. Zuerst schlägst du etwa handgroße Stücke aus diesen Steinbrocken. Dann machst du die Kanten mit dem kleinen Hammer glatt, wenn es notwendig ist. Zum Schluss sollen die Pflastersteine so aussehen." Er zeigte ihm ein Muster: „Meistens brechen die Steine mit glatten Kanten, so dass du nicht mehr nacharbeiten musst. Du musst die Schläge richtig setzen, das wirst du im Laufe der Zeit schon noch lernen, es ist gar nicht so schlimm. Alle die hier arbeiten haben es gelernt."

Er deutet auf verschiedene Männer, die rundum fleißig die Hämmer schwangen. Gernot bekam einen Schreck, über Jahre bleibe ich nicht hier, nahm er sich vor.

„Abends bringen wir dich in die Hütte und ketten dich dort an, damit du uns nicht fortläufst", sagte der Aufseher grinsend. „Und wenn du einen Rat brauchst wegen deiner Arbeit, dann kannst du auch Hilgert fragen, er sitzt gleich neben dir und macht die Arbeit schon einige Jahre." Sein Nebenmann nickte ihm zu: „Frage nur, schwer genug bleibt dein Dasein doch", murmelte er in den Bart.

Gernot beschloss sich gut zu führen, aber jede mögliche Gelegenheit zur Flucht auszuspähen und zu nutzen. Hilgert kam die ersten Tage immer wieder zu ihm und zeigte ihm wie die Steine zu setzen und die Hammerschläge zu führen waren. Gernot lernte schnell und hatte sogar Spaß an der Arbeit, wenn alles so gelang wie sein Lehrmeister es ihm erklärte.

Die eisernen Ringe um die Knöchel quälten ihn und er studierte genau die Konstruktion der Fesseln. Die Magd Gerda kam zu Mittagszeit und brachte einen Napf mit Essen, meistens Grütze mit einem Stück Fladenbrot.

„Ich habe dir ein Stück Fleisch in die Grütze getan, damit du bei Kräften bleibst", flüsterte sie ihm zu. Gernot merkte, dass sie Kontakt zu ihm suchte. Zum Lösen der Fesseln brauchte er einen Dorn, um die Bolzen aus den Eisenringen herauszuschlagen. Er beschloss sie bei günstiger Gelegenheit danach zu fragen. Er hatte bemerkt, dass die Bolzen nicht vernietet, sondern nur hineingesteckt waren.

Am nächsten Tag brachte Gerda wieder das Essen. Sie sah ihn liebevoll an, er erwiderte ihren Blick und nahm zum ersten Mal ihr angenehmes Äußeres wahr, trotzdem sie zehn Winter älter sein mochte wie er. „Ich heiße Gernot und danke dir. Kannst du mir einen Dorn besorgen?", fragte er. Er erklärte ihr flüsternd, mit von ihr abgewandtem Gesicht, dass er diesen für die bessere

Bearbeitung der Steine brauchte. Sie antwortete: „Ich werde bei dem Werkzeug des Schmiedes danach suchen." Gernot dankte ihr mit Blicken und wartete gespannt auf den nächsten Tag.

Der Aufseher kam und war sehr zufrieden mit seiner Arbeit. „Du lernst schnell, aber damit du nicht träge wirst, spüre meine Peitsche", sagte er und schlug ihm kräftig mit seiner Lederpeitsch über den Rücken. Gernot zuckte zusammen, Tränen schossen ihm aus den Augen, er beherrschte seinen Schmerz, seinen Zorn über den brutalen Aufseher und arbeitete weiter. Bertram heißt der Kerl, den Namen merke ich mir, wir sehen uns bestimmt noch einmal, dachte er.

0 6
FLUCHT

Gerda kam mit dem Essen. Sie gab ihm seine Schale und ließ einen Eisendorn heimlich in seine Hand gleiten. Gernot verglich unbemerkt, wie er meinte, die Dicke mit den Bolzen in den Eisenringen: „Der ist zu dick, kannst du mir einen dünneren bringen?" „Ich will es versuchen", flüsterte sie und nahm den Dorn wieder zurück. Sein Nachbar Hilgert sah nach der anderen Seite und wartete auf sein Essen.

Ein weiterer Sklave räumte Gernots Steinhaufen zur Seite und schichtete neue Steinbrocken vor ihm auf. Er dachte nur an Flucht und meinte es müsste gelingen. Deshalb war er gespannt auf den nächsten Tag. Gerda kam und wieder glitt ein Dorn in seine Hand, der passte genau. Er versteckte ihn unter seinem Gewand und dankte ihr mit Blicken. Sie rührte in seiner Schale und flüsterte mit abgewandtem Gesicht: „Wenn du fliehen willst, werde ich dir einen sicheren Weg weisen. Sage mir nur wann." Gernot hielt sie für vertrauenswürdig, er nickte nur.

Inzwischen war er zwei Monde im Steinbruch und der Gedanke an Flucht war drängender geworden. Als Gerda drei Tage später das Essen brachte, flüsterte er, ohne die Lippen zu bewegen: „Kannst du heute Abend hinter unserer Hütte auf mich warten?"

Sie sah ihn prüfend an und sagte: „Ich werde eine Stunde nach Beginn der Dunkelheit da sein. Sei vorsichtig, keiner darf etwas merken." Er nickte unmerklich. Die Bolzen hatte er im Laufe der letzten Tage mehrmals gelöst, und nur lose wieder in die Bohrungen eingesteckt, so dass er sie ohne Geräusch wieder lösen konnte.

Abends schloss Bertram seine Kette an den eisernen Ring am Boden seines Lagers an, ohne etwas zu bemerken. Die vier Sklaven in der Hütte schliefen müde ein. Nur Gernot hielt sich wach, heute musste die Flucht gelingen.

Vorsichtig entfernte er die Bolzen aus den Eisenringen, öffnete diese an den Gelenken und erhob sich geräuschlos.

Er schlich aus der Hütte und traf Gerda die dahinter wartete. „Komm schnell weg von hier", flüsterte sie ihm zu, nahm ihn bei der Hand und führte ihn durch die Dunkelheit den Berg hinauf. „Ich zeige dir ein Versteck, da musst du bleiben bis morgen Mittag. Wenn ich das Essen verteilt habe, komme ich zu dir und führe dich weiter zu einer Kate ganz in der Nähe. Die werden sie morgen früh nach dir durchsuchen, danach bist du dort aber erst einmal sicher."

Sie führte ihn etwa eine Meile bergauf und wies dann auf dichtes Buschwerk, in dem er sich verstecken sollte. „Hier hast du eine kleine Mahlzeit für den morgigen Tag." Sie drückte ihn noch einmal liebevoll an sich und verschwand in der Dunkelheit.

Er suchte sich tief im Buschwerk eine große Tanne, deren Zweige bis auf die Erde herabhingen und legte sich mit klopfendem Herzen hin. Die denken bestimmt, dass ich erst so weit wie möglich gerannt bin und mich nicht in der Nähe versteckt habe.

Fluchend machte sich Aufseher Bertram am nächsten Morgen auf den Weg zu dem Sklavenhalter: „Ein Sklave fehlt, Herr, die anderen habe ich angekettet gelassen." „Du Versager, mach dich sofort mit den deinen beiden Helfern auf die Suche, der kann noch nicht weit sein." Als er hörte, dass es der Sklave war, dessen Verbleib er im Auftrag des Sklavenhändlers dem Centurio melden sollte, schlug er dem Aufseher zornig ins Gesicht: „Wenn du ihn nicht zurückbringst, werde ich dich an seiner Stelle anketten."

Die Magd Gerda brachte ihm seine Grütze: „Ist dir etwas an dem neuen Sklaven aufgefallen?", fragte er. „Nein, er sagt nichts und arbeitet ohne Unterbrechung, auch wenn ich ihm das Essen bringe", antwortete sie. „Er ist geflohen", sagte der Sklavenhalter. „Da kommt er wohl nicht weit", antwortete sie.

„Heute bekommen die Sklaven kein Essen, sie bleiben angekettet." „Darf ich dann meine Schwester im Dorf besuchen?", fragte sie. „Gehe ruhig zu dem fetten Trampel. Höre dich um, ob sie etwas weiß über den Flüchtling."

Gunnar verließ die Hütte, um im Steinbruch nach dem Rechten zu sehen. Gerda ging zum hinteren Teil der Hütte in dem sie meistens übernachtete und erledigte ihre Tagesarbeit.

Sie dachte nicht daran zu ihrer Schwester zu gehen, sondern packte ein Proviantpäckchen für Gernot und wollte zu der Kate im Wald gehen, in deren Nähe er sein Versteck hatte. Das war die Behausung ihres Vaters gewesen der als Holzfäller und Kräutersammler dort bis zu seinem Tod gewohnt hatte.

Sie stieg den steilen Berg hinauf und kam an der Kate an als Bertram mit seinen beiden Gehilfen gerade die ärmliche Hütte durchsuchten. Sie suchten in jedem Winkel, kletterten auf den niedrigen Dachboden und rissen Dielenbretter aus dem Fußboden.

„Hier ist nichts, wenn du etwas bemerkst, gib uns sofort Nachricht", sagte Bertram. „Ich bleibe nicht lange hier, wollte nur Ordnung machen. Dann gehe ich mit Erlaubnis des Herrn ins Dorf zu meiner Schwester. Wenn ich dort etwas erfahre, benachrichtige ich dich sofort", antwortete sie.

Die Männer verschwanden und verfluchten den geflüchteten Sklaven. „Wenn wir ihn erwischen geht es ihm schlecht", rief Bertram noch, dann waren sie verschwunden.

Gerda räumte die Kate auf und bereitet ein Mittagessen vor. Sie ging einige Male vor die Tür und prüfte die Umgebung, alles war ruhig. Erst mit Einbruch der Dunkelheit ging sie ein Stück den Berg hinauf bis in die Nähe des dichten Buschwerks, wo sie Gernot verlassen hatte. „Gernot, du kannst herauskommen", rief sie. Es raschelte in dem Blätterwerk und plötzlich stand er hinter ihr.

Erschrocken und erleichtert umarmte sie ihn und drückte ihn an sich. Sie nahm ihn an der Hand und führte ihn zu der Kate. Misstrauisch durchstöberte er jeden Winkel der jämmerlichen Hütte. Sie erklärte ihm, dass es das Heim ihres Vaters war. „Du brauchst keine Angst zu haben, Bertram und seine Helfer waren heute Morgen hier und haben nach dir gesucht. Sie sind jetzt weiter gezogen Richtung Rheinstrom und kommen nicht wieder."

Gernot war unruhig, konnte er ihr vertrauen, würden die Männer nicht wiederkommen, wenn ihre Suche erfolglos blieb? Sie beruhigte ihn: „Ich behalte den Pfad aus dem Tal im Auge, das ist der einzige Weg zu der Kate. Lass uns erst was essen, du brauchst eine Stärkung."

Das war richtig und die gebratene Fleischschnitte mit Fladenbrot schmeckte ihm vorzüglich. Gernot wollte aufbrechen und seine Flucht fortsetzen, sie riet ihm aber ab: „Schlafe dich hier aus, morgen früh bei der ersten Dämmerung zeige ich dir den besten Weg ins Tal und wo du dich verstecken kannst." Sie streichelte ihm zärtlich über das Haar und er gab nach, ohne Zweifel, er war sehr müde, da er in der letzten Nacht kein Auge geschlossen hatte.

„Dort ist mein Lager, da können wir beide heute Nacht schlafen", sie zeigte auf ein Lager aus Fellen und Decken. „Die Türe verriegele ich mit dem Sperrbalken." Sie legte einen Balken quer über die Tür in Halterungen, die an der Wand und der Tür angebracht waren.

Er legte sich auf das Felllager, aber an Ruhe war nicht zu denken, sie pflegte seine von den Eisenringen wundgescheuerten Knöchel. Die fetthaltige Salbe, die sie darauf strich, tat ihm sehr gut. Dann legte sie sich neben ihn, umarmte und liebkoste ihn. Sie ermunterte ihn es ihr gleichzutun, führte seine Hände an ihrem Körper entlang und wie von selbst erforschte er so ihren ganzen Körper. Er empfand es als sehr angenehm, es war das erste Mal, dass er einer Frau so nahe war, die Müdigkeit war verschwunden.

Am nächsten Morgen weckte sie ihn bei Beginn der Dämmerung und zeigte ihm den Weg ins Tal und zum Rheinstrom. „Ich muss zurück und das Essen für die Männer und die Sklaven vorbereiten. Du musst hier immer am Bergkamm entlang Richtung Tal gehen. Bleibe im Wald, damit dich niemand sieht." Sie umarmte ihn: „Wenn du in Sicherheit bist, musst du zurückkommen und mich holen. Bestimmt weißt du eine Stelle in deiner Heimat, wo ich als Magd arbeiten kann. Dann wäre ich befreit von dem Sklavenhalter und seinen finsteren Helfern."

„Ich verspreche es dir, aber erst muss meine Flucht gelingen. Wenn du von hier fortkannst, wende dich an Saltius, er ist Gutsherr in dem großen Gut welches unmittelbar vor dem Kastell am Limes liegt. Er ist ein guter Freund unserer Familie und wird dir bestimmt helfen. Ich danke dir für deine Hilfe und werde dich nicht vergessen."

Sie wollte ihm etwas von der Kleidung ihres Vaters geben, da sein Gewand sehr gelitten hatte, zerfetzt und schmutzig war, aber er lehnte ab aus Sorge es könnte ihr schaden, wenn jemand die Kleidung erkannte. „Aber hast du ein Messer für mich, das könnte ich gut gebrauchen?" Sie ging zurück in die Hütte und holte ein Messer mit einem Griff aus Hirschgeweih. „Das ist das Jagdmesser meines Vaters, ich brauche es nicht und gebe es dir gerne", sagte sie zum Abschied.

Bevor er sich bedanken konnte, wandte sie sich von ihm ab und eilte den Berg hinab zur Hütte des Sklavenhalters.

Er sah hinter ihr her und begriff welchen großen Dienst sie ihm erwiesen hatte. Ohne sie wäre die Flucht bis hierhin nicht gelungen. Hätte er sie mitnehmen sollen? Noch könnte er ihr zurufen, komm zurück, aber dann dachte er daran wieviel schwerer seine weitere Flucht werden würde, wenn sie zu zweit überall erkannt würden.

Der Sklavenhalter empfing sie mürrisch: „Was hast du im Dorf erfahren?", fragte er. „Ich war gar nicht dort, Bertram hat mit seinen Gehilfen meine Kate verwüstet auf der Suche nach dem Flüchtling. Ich musste erst wieder Ordnung schaffen und habe dann dort übernachtet."

Die Tür wurde aufgerissen und die beiden Gehilfen des Aufsehers kamen herein: „Wir haben nichts gefunden, Bertram hat uns zurückgeschickt, wir werden hier bei den Sklaven gebraucht. Er will weiter in Richtung Rheinstrom suchen, Herr." „Das will ich ihm auch raten, macht eure Arbeit im Steinbruch und lasst keine weitere Flucht zu, sonst wird es euch schlecht ergehen."

Die Beiden verließen die Hütte. „Und du machst mir jetzt ein kräftiges Frühstück. Wehe du verheimlichst etwas. Was hast du mit dem Flüchtling besprochen, was hast du ihm zugeflüstert?"

Der Grobian packte sie am Hals, sie bekam keine Luft, bis er seinen Würgegriff wieder lockerte: „Ich habe nicht mit ihm gesprochen, er hat mich überhaupt nicht beachtet, Herr", antwortete sie unter Tränen. Der Sklavenhalter stieß sie zurück, sie prallte gegen die Wand.

Voller Schreck fiel ihr der Dorn ein, den sie vom Werkzeug des Schmiedes gestohlen hatte. Wenn der gefunden wurde, würde es ihr schlecht ergehen. Als sie das Essen zu den Sklaven brachte, suchte sie an Gernots Platz danach, fand aber nichts. Hilgert der Nachbar von ihm, bemerkte ihre suchenden Blicke. Als sie ihm den Napf mit Grütze hinstellte, öffnete er die geschlossene Faust mit dem Dorn und sagte leise: „Was suchst du?" Sie wollte den Dorn nehmen, er behielt ihn und sagte: „Vielleicht brauche ich ihn auch einmal, aber keine Angst ich schweige."

Zitternd eilte sie zurück zur Hütte und erledigte ihre Arbeit. Am nächsten Tag fragte sie Gunnar, ob sie jetzt ihre Schwester im Dorf besuchen dürfte, vielleicht konnte sie etwas über den Flüchtling erfahren.

Der drohte mit der Faust, stimmte aber zu: „Morgen in der Frühe bist du wieder zurück!" „Ja Herr", antwortete sie und machte sich auf den Weg.

07
GERNOTS WEG

Der Sklavenhalter Gunnar dachte nicht daran seinen wertvollen Besitz, den Sklaven Gernot, für den er mehr als zwei Goldstücke bezahlt hatte, aufzugeben. Er sattelte ein Pferd und machte sich auf den Weg zu den benachbarten Besitzern eines landwirtschaftlichen Gutes und eines Forstbetriebes. Die beiden hohen Herren hielten ebenfalls Sklaven und dort wollte er sich Unterstützung holen für die Suche nach dem Entflohenen.

Beide waren ebenfalls Germanen wie er und von Glaukus dem Gutsbesitzer erhielt er zwei Reiter ebenso von dem Waldbesitzer, die sofort mit festen Aufträgen auf die Suche Richtung Rhenus geschickt wurden. Außerdem erhielt er die Zusage, dass der Weg in die andere Richtung von ihnen überwacht würde.

Zufrieden ritt er zurück zu seinem Besitz. Die Magd Gerda war inzwischen bei ihrer Schwester angekommen und schilderte die Ereignisse der letzten Tage. Die Schwester, eine Frau von erheblichem Umfang, aber großer Herzensgüte, nahm sie in den Arm und tröstete sie: „Hast du dich in den jungen Mann verliebt?" Gerda antwortete nicht, sie fragte: „Habt ihr hier schon etwas gehört von der Flucht?" „Ja, Gunnars Helfer waren hier und haben uns befragt, aber keiner im Dorf wusste etwas." Gerda fragte: „Was soll ich tun? Soll ich auch fliehen, damit ich von diesem Grobian wegkomme? Gernot hat mir einen Mann genannt, an den ich mich wenden kann."

„Auf keinen Fall, wenn du jetzt fliehst, denken sie, dass du dem Flüchtling geholfen hast. Sie werden dich nicht entkommen lassen. Warte einen späteren günstigen Zeitpunkt ab. Wenn sie den Flüchtigen einfangen, musst du sofort fliehen. Sie werden ihn foltern, es kann sein, dass er dich verraten muss. Das wäre dein Ende. Du darfst bei einer Flucht nicht hierherkommen, hier werden sie zuerst suchen. Ich versuche in der Zwischenzeit zu erfahren, wo genau der Gutsherr wohnt, den er dir genannt hat."

Nach einer kräftigen Mahlzeit und vielen guten Wünschen, eilte Gerda zurück zu ihrer Arbeitsstelle. Über Nacht wollte sie nicht bleiben aus Sorge am nächsten Morgen zu spät zu kommen. Den Prügeln wollte sie entgehen. Sie stieg hoch zu ihrer Kate und auf ihrem Lager träumte sie von der Begegnung mit Gernot.

In Schwarzfeld war man weiter in der Familie und im ganzen Dorf in großer Sorge um Gernot. Von Saltius war die Nachricht gekommen, dass er die jenseitige Rheinseite ausgekundschaftet, aber keine Spur ihres Sohnes entdeckt hatte. Nur so viel konnte er sagen, dass Gernot noch im Gebiet der Provinz Germania superior am Rhenus sein musste, Grenzkontrollen Richtung Gallien hatte keinen Sklaventransport festgestellt und würden diesen sofort an ihn melden.

Yako war unschlüssig was zu tun sei, er wollte Ulka nicht verlassen, für die er die Gefahr sah, dass der neue Centurio sie entführen würde, Helfer hatte der genug. Außerdem konnten jederzeit neue Fremdlinge ankommen und für Aufruhr sorgen. Die Anwesenheit der Männer war auf jedem Hof im Dorf notwendig. Ulf hatte sich angeboten im Römergebiet nach dem Bruder zu suchen, was der Vater streng verboten hatte wegen seinem jugendlichen Alter.

Er beriet sich mit Bolgur, der vorschlug seinen Sohn Ernal zu Saltius zu schicken, der eventuell neue Nachrichten hatte, Yako sollte im Dorf bleiben. Yako ließ sich von Wandur, dem einzig Schreikundigen im Dorf, einen Brief in lateinischer Sprache aufsetzen der Saltius als Ziel angab. Ernal sollte nicht im Kastell den Limes passieren, sondern an einem der Wachtürme. Die Legionäre der Wache konnten das zwar nicht lesen, bei dem Name Saltius würden sie ihm aber den Übergang erlauben.

Yako beschloss im Dorf zu bleiben und mit seinem Pferd zog Ernal am nächsten Tag los.

Gernot ging in die von Gerda gezeigte Richtung, merkte aber schon bald, dass er zwangsläufig die letzten Monate seine Beinmuskulatur nicht geübt hatte, da er im Sitzen arbeiten musste.

Er versteckte sich nach zwei Stunden in dichtem Buschwerk, um auszuruhen und zog das geschenkte Messer aus seinem Gurt. Es war ein Prachtstück mit einer knapp einen Fuß langen Klinge und einem Griff aus Hirschgeweih. In den Griff waren Runen eingeschnitzt, die er nicht lesen konnte, sicher die Namen von Göttern.

Er spähte vorsichtig aus dem Busch und setzte seinen Weg fort. Der Wald wurde lichter und zeigte ihm die Nähe des Tales an. Von der letzten Höhe konnte er in weiter Ferne silbern den großen Strom blinken sehen. Wie sollte er weitermarschieren? Er sah kleine Dörfer oder einzelne Häuser in der Ebene, hier war die Gefahr groß entdeckt zu werden. Wenn die Knechte des Sklavenhalters ihn wieder einfingen, würde es ihm schlecht ergehen. Sie würden ihn auf brutalste Weise prügeln und foltern, um die Namen von eventuellen Fluchthelfern zu erfahren. Er wusste nicht, ob er das überleben würde.

Er suchte sich einen versteckten Platz am Waldrand und beschloss die Abenddämmerung abzuwarten. Ein Stoß auf die Brust weckte ihn. Vor ihm stand ein alter gebeugter Mann, der ihn mit einem derben Stock angestoßen und geweckt hatte. Er riss sein Messer aus dem Gürtel und sprang auf.

Der Alte wich einen Schritt zurück: „Halt junger Freund, in der Fremde darfst du nicht am hellen Tag im Wald einschlafen. Von mir droht dir aber keine Gefahr. Setze dich wieder und erzähle, woher du kommst und wohin du willst." Der Alte mit dem gütigen Gesicht setzte sich mit gekreuzten Beinen auf den Waldboden und Gernot folgte zögernd seinem Beispiel.

Das Messer behielt er in der Hand, denn eins stand fest, lieber wollte er im Kampf sterben als noch einmal Sklave sein.

„Ich sammle Beeren und Eckern und lebe mit meiner Alten in der Nähe in einer Kate. Die Gute ist krank und kann nicht mehr so gut laufen, sie war mir mein Leben lang eine treue Gefährtin. Wo kommst du her, wo willst du hin? Antworte ohne Scheu, ich bin dein Freund." Gernot verstand seinen Dialekt schlecht, auch wegen seiner undeutlichen Sprechweise.

„Ich komme aus dem Land der Chatten jenseits vom Limes, man hat mich hierher verschleppt", sagte er. „Wohin hat man dich verschleppt?", fragte der Alte.

Gernot hatte Vertrauen zu dem Alten gefasst und beschloss ihm die Wahrheit zu sagen: „Ein Sklavenhändler hat mich hierher verkauft, ich bin geflohen." „Dann hast du im Steinbruch bei dem Menschenschinder Gunnar gearbeitet. Ich bedaure dich." Gernot hatte Tränen in den Augen, nur nicht weich werden, es geht um dein Leben, dachte er und zeigte die Wunden an seinen Knöcheln: „Von den Eisen, sicher hast du auch Striemen auf dem Rücken", sagte der Alte. Gernot nickte.

Der Alte machte ein bedenkliches Gesicht: „Ich will dir helfen, aber wie? Die werden dich überall suchen, du bist mehrere Goldstücke wert."

Er überlegte: „Wir warten die Dunkelheit ab, ich nehme dich mit zu mir nach Hause, da bist du sicher. Meine Alte wird sich Sorgen machen, wo ich so lange bleibe."

Sie saßen dort bis zu Dunkelheit und hatten sich noch manches zu erzählen. Als Gernot die Hand kaum noch vor den Augen sehen konnte brachen sie auf, der Alte vorneweg, Gernot folgte dichtauf, das Messer immer noch in der Hand. Wenn er mich verraten will, kostet es ihm das Leben, dachte er.

Nach etwa einer Meile kamen sie zu einer kleinen alleinstehenden Hütte: „Warte hier, ich will meiner Alten sagen, dass ich Besuch mitbringe." Der Alte verschwand in der Hütte, kam schon nach wenigen Augenblicken zurück und winkte ihm zu hereinzukommen. Gernot steckte das Messer in den Gurt und trat ein.

Seine Frau saß auf ihrem Lager, sie war alt das sah man, aber sie blickte ihn mit hellwachen Augen an: „Wer bist du Fremdling?" Gernot nannte seinen Namen. Der Alte sagte: „Mich kannst du Halvor nennen, meine Frau heißt Helga."

Gernot blieb bescheiden am Eingang stehen: „Ich danke euch, dass ihr mich in eurem Haus aufnehmt", und zur Frau gewandt „Ich bin aus der Sklaverei geflüchtet, deinen Mann habe ich im Wald getroffen."

„Frau, stehe auf und mache dem Flüchtling ein ordentliches Mahl", sagte Halvor. Helga erhob sich ächzend: „Die Hühner haben gut gelegt, ich brate dir fünf Eier." Das war für Gernot ein lange entbehrter Genuss, er nickte dankbar. „Vergiss nicht eine Scheibe Speck mitzubraten, der Mann muss wieder zu Kräften kommen."

Halvor setzte sich mit Gernot an den Tisch hinten in der Hütte: „Mir genügen drei Eier, aber bitte auch mit Speck", darauf antwortete seine Frau: „Mehr steht dir auch nicht zu, sonst wirst du mir noch übermütig." Er schmunzelte: „Immer noch um keine Antwort verlegen, aber solange sie so spricht, ist sie nicht wirklich krank."

Beide ließen sich Eier und Speck schmecken, Halvor holte einen Krug mit Wasser: „Zum Runterspülen", sagte er.

„Hier in unserer einsamen Kate bist du sicher, trotzdem will ich, dass du dich verbirgst. Niemand muss wissen, dass wir dich beherbergen."

Er zeigte Gernot eine Abseitenwand, welche dadurch entstanden war, dass das Dach der Hütte bis auf den Boden ging. Dahinter befand sich ein verborgener niedriger Raum. „Hier sind zwei Felle und eine Decke, daraus kannst du dir ein Lager bauen."

Gernot kroch in den niedrigen Raum, in dem er nicht stehen konnte, breitete die Felle auf dem Boden aus und rollte die Decke an der Seite auf. „Vor der Öffnung schichte ich Holz auf, wenn du drin bist, davor bauen wir

53

meiner Alten ein neues Lager." Helga protestierte als sie hörte, dass sie ihren gewohnten Lagerplatz aufgeben sollte, war dann aber damit zufrieden, da ja das Versteck des Geflüchteten so bestens geschützt war.

Seine Müdigkeit und das Bewusstsein an einem relativ sicheren Platz zu ruhen, verschafften Gernot eine ruhige Nachtruhe.

Die allerdings zu Ende war, als bei beginnender Dämmerung heftig an die Tür gepocht wurde. Er hörte Halvors Stimme: „Wer ist da?", und die Antwort: „Wir suchen einen entflohenen Sklaven, mach sofort auf, oder wir schlagen die Tür ein." Halvor flüsterte seiner Frau zu. „Bleibe liegen, du bist schwer krank."

Er nahm den Sperrbalken von der Halterung und wollte die Tür einen Spalt öffnen, als diese gewaltsam aufgestoßen wurde und er rückwärts auf den Boden flog.

„Wo hast du den Flüchtling versteckt, sage es uns freiwillig, sonst prügeln wir dich trotz deiner Jahre, die du schon hinter dir hast." Halvor gelang ein Lachen, obwohl ihm nicht danach war: „Hier ist außer mir und meiner kranken Alten kein Mensch. Kommt nur herein und überzeugt euch. Haltet aber Abstand zu meiner Alten."

„Um deine Alte brauchst du keine Angst zu haben, wir bevorzugen frisches Fleisch", sagte der zweite Eindringling, der bisher vor der Tür die beiden Pferde gehalten hatte. „Nicht deswegen warne ich euch", entgegnete Halvor, „sie hat lauter rote Flecken und entzündete Stellen im Gesicht, das muss etwas Ansteckendes sein."

Helga lag zugedeckt bis an die Ohren wie leblos in der dunklen Ecke der Hütte. Im flackernden Feuerschein meinte man viele Pusteln und Flecken in ihrem Gesicht zu erkennen. Die beiden Berittenen sahen sich zweifelnd an:

„Nichts wie weg, die Alte hat die Pocken. Hier ist der Entflohene nicht."

„Ich will im Wald Kräuter suchen und sie mit dem Sud einreiben, vielleicht kann ich sie heilen." „Das wird ihr nichts nützen, dabei kannst du höchstens selbst noch draufgehen, Alter", sagte einer der Reiter und zu seinem Begleiter: „Die Hütte steht bald leer, hier kannst du einziehen." „Vielen Dank, da bleibe ich lieber in meiner Kate."

Am Hufgeklapper erkannte Gernot, dass die beiden Reiter sich entfernten. Kurz darauf wurde das Holz vor seinem Lager beiseite geräumt, das verschmitzt lächelnde Gesicht des Alten erschien: „Du kannst rauskommen, die kommen nicht wieder. Helga hat uns gerettet."

Er drückte sie an sich, Sie lachte und wehrte ihn ab: „Du bekommst so bald keine Eier mehr, da wirst du nur übermütig." Gernot konnte nicht anders, er umarmte und drückte sie ebenfalls, seltsam, ihn wehrte sie nicht ab: „Ich danke euch beiden, ihr habt mich gerettet."

„Jetzt kannst du hierbleiben, solange du magst. Wir müssen nur aufpassen, dass dich kein anderer sieht, der hier vorbeikommt." „Wer kommt hier schon vorbei?", sagte seine Frau.

„Ich habe genug Arbeit hinter der Hütte und im Stall für dich."

Der erste Weg führte die beiden Männer mit einem zwei Räder Handkarren in den Wald. Halvor spähte vorsichtig die Wege aus, die sie entlangfuhren, kein Mensch war zu sehen. Er hatte an verschiedenen Stellen Holz gesammelt, meist abgebrochene Äste oder sonstiges Fallholz, welches sie auf den Karren luden, um es zurück zur Hütte zu transportieren. Es war ein gewaltiger Berg, den sie auf dem Karren aufgetürmt hatten und hinter der Hütte abluden.

„Alleine hätte ich diese Menge mit einer Fuhre nicht geschafft, du kannst immer hierbleiben. Solch tüchtige Hilfe kann ich gebrauchen, Arbeit gibt es genug hier." Gernot blickte sich um, es war wie zu Hause auf dem Hof der Eltern, nur kleiner, bescheidener. Aber immerhin die beiden Alten hatten zwei Rinder, einige Schafe und eine gackernde Hühnerschar. Ein Hund folgte ihm feindselig knurrend, bis der Alte ihn verjagte.

Er sah einige Wiesen und Felder, auf denen Getreide stand.

Hinter der Hütte setzte er sich auf eine Bank in die Sonne. Halvor holte einen Krug mit Wasser aus dem Hofbrunnen und zwei Becher. Helga kam gebeugt und humpelnd, um zu melken. Schwalben flogen durch die offene Stalltür, um die Jungen im Nest zu füttern. Helga zankte halblaut mit den Kühen, die beim Melken nicht stillhielten und mit den Schwänzen nach Fliegen schlugen.

Für Gernot war die friedlich Abendstimmung ungewohnt, die letzten Monate musste er immer bis zur Dunkelheit Steine klopfen und wurde dann, oft mit Schlägen, an seinen Schlafplatz getrieben und angekettet.

„Morgen gehen wir in den Wald und kontrollieren meine Fallen, vielleicht haben wir einen schönen Kaninchenbraten zum Abendmahl." Halvor hatte schon einen Plan für den nächsten Tag.

In der Frühe marschierten sie durch dichtes Buschwerk zu seinen Fallen. In zwei davon hatte er ein Kaninchen gefangen, eine davon war leer geplündert von Fuchs oder Wolf, der nur noch Fellreste hinterlassen hatte. „Hier haben wir unseren Braten", sagte Halvor bei der anderen Falle. „Helga wird unzufrieden sein, sie wollte ein Kaninchen einpökeln, aber daraus wird nichts, wir verlangen heute unseren Braten."

„Was, nur ein mageres Kaninchen bringen zwei Männer als Beute nach Hause?", der Alte hatte richtig vermutet, aber sie bekamen ihren Braten und lobten die Hausfrau, der die Anwesenheit von Gernot sichtlich guttat, er war wie der Sohn, den sie nie gehabt hatte.

Ohne einen Topf mit Grütze wären die Männer allerdings nicht satt geworden, das Kaninchen schmeckte hervorragend, hatte aber nur wenig Fleisch.

Auch für den nächsten Tag hatte Halvor schon seinen Plan. Nachdem er die Gegend ausgespäht hatte, zog er mit Gernot wieder in den Wald und dort bauten sie einen Pferch, in den sie die beiden Schweine treiben wollten, welche er hinter dem Haus hielt.

Nachdem sie einige Tannen gefällt und entastet hatten, war der Pferch schnell gebaut und zur Mittagszeit holten sie die Tiere. Dort konnten sie den Boden nach Eicheln, Würmern und allerlei anderem Getier durchwühlen. „Wir schlachten im Winter nur ein Schwein, das genügt für uns alten Leute. Das andere verkaufen wir im Dorf. Ich hänge auch Schinken für die Dorfleute in den Rauch und salze ihn."

„Wurst machen wir aus klein geschnittenem Schweinefleisch, welches wir mit Salz und Kräutern würzen, in Därme der Tiere einfüllen und an der Luft trocknen. Die Därme müssen in Salzwasser gut gereinigt werden und zur besseren Haltbarkeit hänge ich die Wurst auch in den Rauch. Leute aus dem Dorf bringen mir ihre Wurst zum Räuchern und lassen mir als Lohn ein oder zwei Würste da. Ich kann es halt am besten", sagte er verschmitzt lächelnd.

Er schickte Gernot zurück zur Hütte, blieb selbst im Wald, suchte in der Nähe des Pferches nach Beeren und sammelte Fallholz, der Winter mit eisigen Stürmen kam bestimmt.

Gernot nahm die schwere Axt, die hinter dem Haus stand, schlug Holz klein und schichtete es auf. Er freute sich, dass sein Körper sich von den Strapazen und Zwängen der Arbeit im Steinbruch zusehends wieder erholte. Bei seiner Arbeit vergaß er nicht den Pfad zum Wald und den Weg in das Nachbardorf zu beobachten. „Wenn du jemand siehst, legst du dich in dein Versteck. Helga soll das Holz wieder davor schichten", hatte Halvor ihm gesagt.

Er kam zurück mit Beeren in seinem kleinen Korb, die er Helga gab zum Würzen der alltäglichen Grütze. „Schneide heute Abend eine harte Wurst an, so was Gutes hat Gernot noch nie bekommen."

Das stimmte zwar nicht, seine Eltern wussten auch wie ein Schwein schmackhaft verarbeitet wurde, aber Fladenbrot mit darauf gelegten dicken Wurstscheiben schmeckte vorzüglich. Er lobte die Hausfrau und den Räuchermeister.

Welch wunderbare alte Leute, wie selbstlos helfen sie mir dem unbekannten Flüchtling, das werde ich nie vergessen, dachte er. Das ist nach Gerda schon die zweite Stelle, wo ich Hilfe bekomme.

In Abständen ging immer einer von den Dreien, die um das Feuer in der Hütte saßen, nach draußen und spähten nach ungebetenen Gästen. Diese Vorsicht musste eingehalten werden. Mit Helga war eine sichtbare Wandlung geschehen, sie war fröhlich und lebendig, nicht mehr bettlägerig, es war als hätte sie seit Gernots erscheinen neuen Lebensmut geschöpft.

Gernot bemerkte das auch, das war nicht mehr die kranke Alte, wie Halvor sie genannt und die sie beim

Erscheinen der Verfolger gespielt hatte, das war die wertvolle Hilfe für den Alten auf seinem kleinen Bauernhof.

Er dachte daran, dass seine Zeit hier nur begrenzt war, er wollte und musste weiter und beschloss an einem der nächsten Tage Halvor darauf anzusprechen.

Als er am nächsten Morgen erwachte waren seine Gastgeber schon mit den morgendlichen Arbeiten beschäftigt. Nach dem Frühstück ging er mit dem Alten in den Wald zum Schweinepferch. Die Tiere hatten den Boden des etwa zehn mal zehn Schritt großen Bereichs gründlich durchwühlt und lagen grunzend in einer Ecke.

Mit einiger Mühe konnten sie den Schweinen einen Strick um ein Bein binden, welchen sie an einem Baum festbanden. Halvor prüfte den Boden, dann bauten sie drei Seiten der Umgrenzung des Pferches ab und bauten sie nach der anderen Seite wieder an die vierte Seite an. „Hier können die Biester wieder zwei oder drei Tage wühlen", sagte der Alte. Gernot trieb die Schweine in den neuen Pferch.

Sie rasteten auf einem umgestürzten Baumstamm, der Alte sah Gernot an: „Du willst mich doch was fragen, raus mit der Sprache." Gernot staunte über seinen Spürsinn: „Ich mache mir Gedanken wegen meiner weiteren Flucht, kann nicht auf Dauer hierbleiben, will weiter", sagte er nach einigem Zögern. Der Alte schwieg länger, dann sagte er: „Du sollst auch nicht länger bleiben als du willst, aber fast haben wir uns schon an dich gewöhnt. Besonders meine Alte freut sich über deine Anwesenheit, du bist wie ein Sohn für sie. Einen Sohn, überhaupt Kinder, haben wir nie gehabt, jetzt würden sie uns willkommen sein zur Unterstützung auf unsere alten Tage. Noch kann ich alle Arbeiten machen, irgendwann werde ich aber die Knie nicht mehr krumm machen und die Arme nicht mehr heben können."

Wieder schwieg er längere Zeit, dann fuhr er fort: „Ich werde dir den Weg zu deiner weiteren Flucht zeigen, warte noch, die Sklavenjäger suchen weiter. Jetzt werden sie am anderen Ufer des Stromes sein, so schnell geben die nicht auf. Sie rechnen nicht damit, dass du noch hier bist, hier haben sie ja alles abgesucht. Allzu sicher dürfen wir uns aber nicht fühlen, der Schurke Gunnar hat bestimmt eine Belohnung ausgesetzt für den der dich verrät."

Ein eisiger Schreck durchfuhr Gernot, welche Verlockung für die armen Leute, ihn zu verraten. „Ja, du hast recht, wenn ich darf, bleibe ich noch bei euch, bis sich die Aufregung um meine Flucht gelegt hat." „Du darfst bleiben", war die einfache Antwort.

Die folgenden Tage half Gernot auf dem Hof, wo er nur konnte. Am dritten Tag holte er allein die beiden Schweine aus dem Wald zurück. Hier auf dem Hof wurden sie mit Essensresten, welken Blättern und kleingeschnittenen Rüben aus der letzten Ernte gefüttert. Die Rüben lagerten in einer Grube, die Halvor mit Baumstämmen ausgekleidet und mit Rasensoden abgedeckt hatte und waren fast aufgebraucht.

„Ich suche einen neuen Platz für den Pferch, dann kommen die Biester wieder in den Wald. Nur mit dem Strick angebunden dürfen wir sie nicht zurücklassen, den beißen sie durch und weg sind sie bei ihren wilden Brüdern", sagte der Alte.

Am nächsten Tag ging er mit Gernot ein Stück den Berg hinauf bis zu einer lichten Stelle im Wald von der sie eine Übersicht über die Ebene Richtung Rheinstrom hatten.

„Dein weiterer Fluchtweg Richtung auf den Strom ist einfach, es kommt nur darauf an, dass dich keiner sieht.

Dort siehst du unsere Kate, dahinter das Dorf. Ich werde dich an deinem Fluchttag bei Beginn der Dunkelheit um das Dorf herumführen, dann kannst du auf geradem Weg zum Rhenus marschieren. Denke daran, keiner darf dich sehen! Du kommst in der Morgendämmerung bei einem Dorf an, dort liegen Fischerboote am Ufer, suche dir ein Boot aus, mit dem du den Strom überqueren kannst. Du musst dabei gegen die Strömung anrudern, damit du nicht zu weit abgetrieben wirst. Nimm aber ein kleines Boot, das kannst du allein besser rudern. Auf der anderen Rheinseite musst du dir eine Stelle suchen, wo du erst einmal bleiben kannst. Bei Tageslicht kannst du deine Flucht nicht weiter fortsetzen."

„Was mache ich mit dem Boot?", fragte Gernot. „Das schiebst du zurück in die Strömung und lässt es stromabwärts treiben. Das wird deine Verfolger täuschen, wenn sie erfahren, dass ein Boot fehlt und weit stromab angetrieben wurde, was wahrscheinlich der Fall sein wird. Sie werden dann denken, dass du dort an Land gegangen bist."

„Ich habe dich verstanden und danke dir sehr." „Du brauchst dich nicht zu bedanken, noch ist es nicht so weit."

Bei der Rückkehr in die Kate hatte Helga eine Überraschung für Gernot. „Zieh deine zerlumpten Kleider aus, ich habe etwas Neues für dich", sagte sie zu ihm. Als er fast nackt vor ihr stand, schickte sie ihn zum Hofbrunnen: „Gründlich waschen", lautete ihre Anweisung. Gernot zögerte nicht, das war dringend notwendig. Halvor gab ihm einen mit Talg gemischten Scheuersand, mit dem er sich abschrubbte. Anschließend schüttete ihm der Alte einen Ledereimer Wasser über den Kopf.

So gereinigt erschien er wieder bei Helga, die ihm ein Hemd aus Leinen überstreifte und eine Hose mit knielangen Beinen gab. Ein Schultertuch und eine leichte Tunika vervollständigten seine neue Kleidung. Gernot fühlte sich wie neu geboren. Er nahm Helga in den Arm und drückte sie an sich: „Ich danke dir „flüsterte er ihr ins Ohr.

Halvor stand dabei und strahlte: „Du siehst aus wie ein Prinz in meinen Kleidern." „Das sind nicht deine Kleider, die passen dir nicht und übrigens kannst du dich auch mal wieder gründlich waschen, dann gebe ich dir auch neue Gewänder." Der Alte murrte, machte sich dann aber am Brunnen an die Arbeit.

Helga betrachtete Gernots alte Kleider: „Die werde ich waschen und dann etwas Neues daraus machen."

Halvor stand an der Tür: „Ich gehe ins Dorf, will mich umhören, ob es neue Nachrichten von dem flüchtigen Sklaven gibt. Du kannst ein Stück mitgehen, dann weißt du auch den Weg, den du später gehen musst." Das Dorf lag etwa eine Meile von der Kate entfernt. Gernot ging die halbe Wegstrecke mit dem Alten und spähte hinter einem Busch verborgen nach den Bauernhöfen. Es waren vier größere Gehöfte und einige kleinere Hütten.

Halvor zeigte ihm, wo er den Bogen um das Dorf bei seinem weiteren Fluchtweg schlagen sollte. Den Gedanken, dass der Alte ihn verraten könnte verwarf er ganz schnell wieder, er hatte großes Vertrauen zu ihm.

Er sah hinter ihm her und beobachtete die Umgebung. Einige wenige Bauern arbeiteten auf den Feldern, ein Junge hütete eine kleine Rinderherde auf der Weide und schoss dabei spielerisch Pfeile auf die Tiere ab mit seinem wohl selbstgebauten Bogen. Schmetterlinge und Wildbienen umschwirrten ihn, Lerchen jubilierten in der

Luft, er hätte hier noch länger im Gras hinter dem Busch liegen bleiben können, alles war so friedlich.

Er dachte an seine Eltern in Schwarzfeld, die in großer Ungewissheit über seinen Verbleib sein mussten. Was sie wohl unternommen hatten, um ihn zu finden? Er dachte voller Dankbarkeit an seine Ersatzeltern, welche er hier gefunden hatte, aber sein Ziel konnte nur sein, wieder zurück in sein heimatliches Dorf. Etwas Feuchtes lief ihm die Wange herab, eine Träne, die er schnell wegwischte. Er riss sich aus seinen Träumen und machte sich, vorsichtig die Umgebung ausspähend, auf den Weg zurück zur Kate.

Der Alte kam in der Abenddämmerung zurück. Er hatte sich zwei Sensen vom Dorfschmied neu ausschmieden und schärfen lassen und die entstandene Wartezeit zu einem ausgiebigen Schwatz genutzt.

Die Suche nach dem geflüchteten Sklaven hatte im Dorf für Unruhe gesorgt. Die Knechte der Sklavenhalter hatten den Geflüchteten als Verbrecher geschildert, der durch seine verzweifelte Lage zu jeder Mordtat bereit wäre. Die Dorfbewohner waren jedoch ihrer Gewalttätigkeit nicht schutzlos ausgeliefert, wie die beiden Alten in der Kate. Der Häuptling hatte sie aus dem Dorf herausgewiesen mit der Versicherung: „Hier ist kein Flüchtling."

Der Schmied erzählte, dass sie jetzt auf dem anderen Ufer des Stromes weitersuchten. Sie fürchteten den Zorn ihrer Herren, wenn sie ohne Erfolg zurückkehrten.

0 8
DIE FRAU DES FISCHERS

Für Gernot gab es nur einen Gedanken, heute Nacht würde er die Flucht zum Rheinstrom wagen. Er zögerte nicht lange, sondern teilte den beiden Alten seinen Entschluss mit. Helga wandte sich ab, nahm einen Leinwandbeutel und packte ihm einen kleinen Vorrat an Verpflegung ein. Halvor ließ traurig den Kopf sinken: „Irgendwann musst du dich auf den Weg machen, das ist unvermeidlich."

Als es völlig dunkel war, mahnte er zum Aufbruch. Helga gab Gernot den von ihr gepackten Beutel. Er drückte sie an sich streichelte ihre runzligen Wangen: „Ihr habt so viel Gutes für mich getan, aber meine Eltern sind sicher in großer Sorge um mich und ich muss weiter." Tränen liefen ihr über das Gesicht: „Den Segen der Götter für deinen Weg, Sohn", sagte sie und schob ihn zur Tür wo Halvor wartete.

„Wir haben alles besprochen, mache dich auf den Weg, damit du noch bei Dunkelheit am Strom bist", sagte er, nachdem er ihn ein Stück weit geführt hatte. „Wenn du gut ankommst und eine Gelegenheit dazu hast, schicke uns eine Nachricht." Er klopfte ihm auf die Schulter, wandte sich um und verschwand in der Dunkelheit.

Der so herzlich verabschiedete Gernot blickte ihm nur kurz hinterher, dann wandte er sich seinem Ziel zu.

„Wir haben den Geflüchteten gefangen", sagte Gunnar der Sklavenhalter zu seiner Magd Gerda „morgen bringen wir ihn wieder in den Steinbruch." Gerda stand mit dem Rücken zu ihm am Feuer und konnte nur mühsam ihren Schreck verbergen. „Wo haben deine Knechte ihn gefangen?", fragte sie. „Er hatte schon einen tüchtigen Weg hinter sich und war auf dem anderen Ufer des Rhenus", war die Antwort, begleitet von einem hässlichen Lachen. „Bevor er wieder arbeiten kann, werden einige Tage vergehen. Die haben ihn tüchtig durchgeprügelt. Du brauchst auch kein Essen für ihn zu machen, die ersten Tage bekommt er nichts." Gerda nickte. Er ging aus der Hütte: „Schade, ich dachte sie würde sich verraten, aber sie zeigte keine Reaktion. Scheinbar hat sie doch nichts mit der Flucht zu tun."

Gerda war voller Angst und Zweifel, ihr erster Gedanke war Flucht. Aber stimmte das, oder wollte sie der Unmensch nur auf die Probe stellen? Mittags eilte sie in den Steinbruch. Flüsternd fragt sie Hilgert: „Habt ihr von den Aufsehern etwas gehört über den Flüchtling?" und erzählte was Gunnar ihr gesagt hatte. „Der will dich erschrecken, vielleicht verrätst du dich als Helferin. Und den Leuten will er vorgaukeln, flüchten aus seinem Bereich gelingt nicht." Sie eilte zu den anderen Sklaven und zurück zur Hütte.

Gernot lief in großem Bogen um das Dorf und eilte weiter, sobald er sicher war, dass keiner ihn entdecken konnte. Gegen Morgen, aber noch bei Dunkelheit erreichte er das Dorf am Rhenus. Hunde kläfften und er machte einen Bogen um die Häuser zurück zum Strom.

Dort lagen einige Fischerboote, er band einen kleineren Einbaum nach Halvors Rat los und stieß vom Ufer ab. In einiger Entfernung vom Ufer nahm er ein Paddel und paddelte mit kräftigen Schlägen gegen die Strömung steuernd zum gegenüberliegenden Ufer.

Als der Einbaum im flachen Wasser auf Grund lief, sprang er ins Wasser, und watete zum Ufer. Den Einbaum stieß er zurück in die Strömung, wo er rasch abtrieb. Er lief auf ein größeres Boot zu, welches in der Nähe einer einzelnstehenden Hütte lag und sprang hinein.

Im Boot lagen aus Weidenzweigen hergestellte Reusen und ein Netz. Er hörte Schritte, jemand kam näher und verbarg sich hastig unter dem Netz, die Reusen rollten über ihn. Ein alter Mann mit einem Fischspeer sah über die Bordwand in das Boot: „Was machst du in unserem Kahn?", fragte er und richtete den zweizackigen Speer auf seinen Bauch.

Gernot hob abwehrend die Hände: „Ich wollte mich nur verstecken, als ich dich hörte und gehe wieder, du wirst mich niemals wiedersehen." Er lag mit dem Rücken im Wasser, da das große Holzboot nicht ganz dicht war und Feuchtigkeit zog. „Wirf dein Messer zu mir her, damit ich sicher sein kann, dass du keinen Unsinn machst."

Gernot zog das Messer aus dem Gurt und warf es an Land. Der Fischer ließ ihn aufstehen. „Jetzt sage mir wer du bist und was du vorhast." Gernot setzte sich mit trauriger Miene auf den Bootsrand: „Ich bin ein Flüchtling und will nach Hause zu meinen Eltern. Die haben einen

Bauernhof jenseits des Limes im Chattenland. Mein Vater ist ein freier germanischer Bauer. Mein Name ist Gernot." Er schwieg und sah den Fischer unsicher an.

„Da habe ich einen Verdacht", sagte er, „du bist der entflohene Sklave, nach dem man sucht. Erst gestern waren zwei Knechte des Sklavenhalters hier und haben nach dir gesucht." Gernot gab keine Antwort: „Unser Häuptling hat sie aus dem Dorf gejagt, hier gibt es nichts zu suchen, du kannst also beruhigt sein, wenn es so ist wie ich vermute."

Gernot dachte an Halvor, der ihm geraten hatte Vertrauen zu den einfachen Leuten zu haben, die ihm eher helfen als ihn verraten würden. „Ja, der bin ich und ich will eher sterben als noch einmal angekettet im Steinbruch zu sitzen."

Der Sklavenhalter Gunnar hatte zwar von der römischen Obrigkeit die Erlaubnis sein Geschäft zu betreiben und brauchte keine Einschränkungen zu befürchten, solange er seine Steuern zahlte. Doch die Versklavung eines freien Germanen aus dem ohnehin unruhigen Grenzgebiet hätte ihm die Behörde des römischen Statthalters nicht durchgehen lassen. Das gab nur weitere Unruhen mit den Chatten.

„Wie bist du über den Strom gekommen?" „Ich habe auf der anderen Seite einen Einbaum losgebunden und bin hierher gepaddelt. Damit meine Verfolger nicht wissen, wo ich gelandet bin, habe ich das Boot zurück in die Strömung gestoßen. Es ist stromabwärts getrieben."

„Das ist ein Boot von Fischer Elger, das müssen wir ihm wieder zurückholen." Gernot merkte bei allem Zweifel, der Fischer war auf seiner Seite und wollte ihm helfen.

„Ich bring dich erst zur Hütte, da kannst du dich aufwärmen und dein nasses Gewand trocknen." Er ging mit ihm die wenigen Schritte bis zu der Hütte des Fischers. Es war inzwischen hell geworden und Gernot sah, dass ein Feuer darin brannte.

„Zu mir kannst du Alwin sagen, ich weiß ja du heißt …", er hatte den Namen offenbar vergessen und Gernot half ihm: „Gernot."

In der Hütte saß eine Frau am Feuer und rührte in einem Topf mit Grütze, der über dem Feuer an einem eisernen Haken hing. Gernot sah Svea zum ersten Mal. Das ist also die Frau des Fischers, dachte Gernot, reichlich jung für den alten Mann. Als sie sich zu ihm umdrehte, sah er, dass es keine Frau, sondern ein junges Mädchen war, etwa in seinem Alter.

„Ich bringe dir hier einen Besucher, Svea, er heißt Gernot, seine Geschichte kann er dir selbst erzählen. Er lag in unserem Kahn und muss erst einmal sein nasses Gewand trocknen. Du kannst ihm vertrauen, ich bin bald wieder da."

Die junge Frau sah ihn zweifelnd an: „Wo willst du hin?"

„Ich will zu Elger auf die andere Rheinseite, sein Boot ist abgetrieben, das will ich mit ihm wieder zurückholen." Gernot war allein mit Svea.

„Ich vertraue auf Alwin, sonst hätte ich dich nicht hereingelassen." „Das kannst du, ich bin dankbar, dass ich hier mein Gewand trocknen kann, werde dir nicht weiter zur Last fallen und so schnell wie möglich wieder gehen."

„Ich gehe jetzt nach draußen, um Schafe und Hühner zu füttern. Du kannst näher an das Feuer rücken, damit auch deine Hose trocken wird. Wenn ich zurückkomme, musst du mir deine Geschichte erzählen", weibliche Neugierde ist immer hellwach.

Gernot sah sich in der Hütte um, sie war viel kleiner als sein elterliches Langhaus, aber alles war sauber und zweckmäßig angeordnet. Nebenan war ein Anbau, der aber keinen Zugang zur Hütte hatte, man musste durch die Haustür gehen. Das war der Raum zur Verarbeitung der gefangenen Fische und der Stall für die Haustiere, wie er später erfuhr. Er lehnte sich zurück gegen die Hauswand und musste so in der angenehmen Wärme nahe am Feuer eingeschlafen sein, denn Svea weckte ihn lachend.

„Du hast scheinbar wenig Schlaf gehabt, was hast du letzte Nacht getrieben?" Er lächelte zurück und zog sich sein inzwischen trockenes Gewand an. „Das ist eine lange Geschichte", sagte er. „Dann fang mal an, irgendwann muss ich es ja erfahren, wie Alwin schon sagte."

Er sah das hübsche groß gewachsene Mädchen an, genau so gerne würde ich deine Geschichte erfahren dachte er. Ihr langes rotblondes Haar hing bis auf die Schultern herunter, sie hatte es hinter ihrem Kopf mit einem schwarzen Band zusammengebunden.

„Ich wohnte auf dem Bauernhof bei meinen Eltern in Schwarzfeld im Chattenland." Die Erinnerung an die Eltern und das heimatliche Dorf trieben ihm Tränen in die Augen. Svea sah es und strich ihm über das Haar. „Wenn es dir schwerfällt, brauchst du es nicht zu erzählen."

Er fuhr aber fort und erzählte seine Geschichte von der Entführung und der Kopfverletzung bis zum Verkauf in die Sklaverei und seinem schweren Schicksal im Steinbruch und zeigte ihr die von den Eisenringen immer noch wundgescheuerten Knöchel.

Sie hörte mit einem entsetzten Ausdruck im Gesicht zu, ohne ihn zu unterbrechen. Besonders schwer fiel ihm zu schildern welche Sorgen sich Mutter Ulka und sein Vater Yako wohl machten über sein Schicksal.

69

Bei der Schilderung seiner Flucht deutete er nur an, dass er es ohne Helfer nicht geschafft hätte, die Namen von Gerda, Halvor und seiner Alten erwähnte er nicht. Mit dem Boot von Elger war er dann auf diese Seite des Rhenus gekommen und das war für Svea auch die Erklärung warum Alwin mit dem Fischer von dem anderen Ufer auf die Suche nach dem Einbaum gefahren war.

Sie schwieg und bemühte sich das schlimme Schicksal ihres Besuchers zu verstehen: „Wenn Alwin zurückkommt, mache ich ein Abendbrot für uns, du wirst Hunger haben." Er gab ihr seinen Proviantbeutel, den er von Helga erhalten hatte: „Das kannst du auch für unsere Mahlzeit verwenden."

„Da hat es aber jemand gut mit dir gemeint", sagte sie. Er nickte, das war erst am vergangenen Abend gewesen und er hatte in der kurzen Zeit schon wieder so viel erlebt.

„Es waren ältere Leute, die mich für kurze Zeit aufgenommen haben, ohne sie wäre ich jetzt noch nicht hier." „Daher hast du bestimmt auch dein prächtiges Messer." „Nein, das habe ich schon vorher bekommen. Man hat mir geraten mich mit Vertrauen an Leute zu wenden, wenn ich in Not wäre. Das habe ich jetzt wieder bei Alwin und dir gemacht und bin nicht enttäuscht worden, bis jetzt."

„Du brauchst auch nicht zu zweifeln, wir verachten die Sklavenhalter, so wie die meisten Leute hier im Dorf, es sind Rohlinge, die ihr Geld mit der Not anderer Menschen verdienen. Du bist der Sohn eines freien Bauern, dich in die Sklaverei nehmen dürfen sie nicht, wenn es die römische Obrigkeit erfährt, verlieren sie ihr Geschäft und werden bestraft."

Er sah sie traurig an und dachte an Hilgert und die anderen Sklaven, die immer noch angekettet im Steinbruch schufteten. Es klopfte an der Tür und er stellte sich mit seinem Messer in der Faust so hinter die Tür, dass er beim Öffnen nicht gesehen werden konnte.

Svea öffnete und sprach mit einer Frau: „Wir haben heute keinen Fisch, Alwin ist über den Strom gefahren zu Elger, sie wollen nach einem abgetriebenen Boot suchen. Morgen fischt er wieder, ich bringe dir Fische vorbei. Was willst du denn haben?" „Entweder einen großen Hecht oder wenn er den nicht hat einige kleine Barsche", sagte die fremde Stimme.

„Du brauchst nicht zu bezahlen, es bleibt bei unserer Abmachung, dass du uns das Schwein weiter groß fütterst bis zum Winter. Wir liefern dir bis dahin die Fische, die du brauchst", sagte Svea, verabschiedete sich von der Frau und schloss die Tür.

Sie war erleichtert, obwohl die Knechte des Sklavenhalters aus dem Dorf gejagt worden waren, durfte sie zum Schutz von Gernot nicht leichtsinnig werden. Seltsam jetzt will ich ihn schon beschützen und kenne ihn doch kaum, dachte sie. Auch Gernot konnte man die Erleichterung ansehen, er steckte sein Messer in den Gurt und setzte sich wieder zu ihr an das Feuer. „Es war Anna aus dem Dorf, sie bekommt Fische und füttert dafür ein Schwein für uns. Sie wohnt nicht weit von hier mit ihrem kranken Mann."

Die Tür wurde aufgestoßen, Gernot erschrak, es war Alwin. „Du hast uns eine schwere Aufgabe gestellt. Wir mussten fast bis zur großen Brücke bei Confluentes (Koblenz) rudern, dort war das Boot an das diesseitige Ufer angetrieben. Wie willst du das wieder gut machen?" Er blickte ihn streng an, was aber nicht so gemeint war wie

71

Gernot erkannte. „Er hat es schon wieder gut gemacht", sagte Svea und zeigte den gut gefüllten Vorratsbeutel. „Das lasse ich mir gefallen. Svea macht uns bestimmt eine ordentliche Mahlzeit."

„War der Fischer sehr ärgerlich wegen des fehlenden Bootes?" fragte Gernot. „Zuerst ja, als ich ihm aber sagte, dass ich es gebraucht und nicht richtig festgemacht hätte, war er wieder friedlich. Ob er mir das geglaubt hat, weiß ich nicht, ich wollte ihm aber nichts von einem entflohenen Sklaven verraten."

„Ich danke dir sehr, Alwin" mehr wusste Gernot nicht zu sagen. „Zurück haben wir den Einbaum an unseren Kahn angebunden und konnten so zu zweit gegen die Strömung nahe am Ufer paddeln. Erst hier ist Elger auf seinen Einbaum umgestiegen und über den Strom gepaddelt."

Es gab die verlangte kräftige Mahlzeit. Svea hatte dazu einen Kräutersud als Getränk zubereitet und mit Honig gesüßt. Draußen war es inzwischen dunkel geworden. Alwin berichtete noch, dass der Einbaum von einem Fischer aufgefangen und am Ufer festgemacht worden war. Der gab das Boot aber frei als der Eigentümer ihm die Teile zutreffend beschrieb, welche an Bord waren.

Die Männer waren müde, Alwin wegen dem anstrengenden Tagewerk, Gernot wegen der letzten schlaflosen Nacht. Alwin sagte: „Ich bin müde, du kannst dir eine Schlafstelle neben meinem Lager nebenan machen." Svea gab ihm ein Fell als Unterlage und zwei Decken. Es war ein kleiner Raum in den Alwin ihn führte, mit einer Feuerstelle, die aber nicht brannte. Gernot breitete sein Fell und die Decken neben Alwins Lager aus und im Einschlafen dachte er noch, warum schläft Alwin nicht bei seiner Gefährtin?

Dann war er schon eingeschlafen und wurde erst wieder wach als Alwin ihn in der Morgendämmerung weckte. „Aufstehen, ich fahre heute auf den Rhenus zum Fischen und du kommst mit."

Gernot wunderte sich, aber es war ihm recht, so wurde er abgelenkt von seinen Sorgen um die Eltern und seinem weiteren Weg. Alwin nahm das größere ihrer beiden Boote, den Kahn wie er sagte. Es war ein Boot welches wie ein Einbaum gebaut war. Die Bootsbauer hatten einen großen Fichtenstamm von sechs Schritt Länge in Längsrichtung geteilt und ausgehöhlt. Das Ergebnis war dann ein in zwei Hälften geteilter Einbaum. Der wurde verbreitert, indem man zwischen die beiden Hälften am Boden ein Brett einfügte und mit Spanten mit den Seitenwänden verband. Bug und Heck waren mit Brettern verschlossen. Im Heck war etwa ein halber Schritt vor dem Ende des Kahnes eine zweite Querwand eingefügt für den Fischkasten. Der Bretterboden war hier an einigen Stellen durchbohrt, so dass in dem Kasten immer Wasser stand und gefangene Fische frisch hielt.

Gernot setzte sich hinten in den Kahn und staunte über die sinnvolle Konstruktion: „Wie konntest du die Fugen zwischen Brettern und Bordwand und an Bug und Heck abdichten?", fragte er, während sie stromauf paddelten. „Die Fugen werden mit Pflanzenfasern und Schafwolle vollgestopft und mit erhitztem Erdpech vergossen. Ganz dicht wird es nie, das hast du bemerkt als du unter dem Netz lagst, wir müssen immer wieder Wasser ausschöpfen. Ich muss diese Arbeit jedes Jahr erneuern."

Erdpech trat an vielen Stellen aus dem Boden und konnte von dort geholt werden. Die Bretter quollen im Wasser in die Breite und drückten das Dichtmaterial eng in die Fugen.

Am Ufer war die Strömung schwächer und hier hatte Alwin in Abständen Pfähle in den Grund des Stromes gerammt und an jedem Pfahl eine Reuse befestigt. Der Kahn wurde an den Pfählen festgemacht, die Reuse an Bord geholt und Alwin zeigte Gernot wie er die gefangenen Fische in den Fischkasten ausleeren konnte.

Das erforderte einiges Geschick, aber Gernot hatte den Bogen bald raus, und eine ansehnliche Menge meist kleinerer Fische sammelte sich an. „Die größeren Raubfische wie Hechte, Zander oder größere Barsche gehen nicht in die Reuse, da müssen wir unser Glück mit der Angel versuchen und für die besonders begehrten Aale legen wir jetzt Schnüre aus, die wir morgen kontrollieren." Die Reusen wurden wieder ausgelegt.

Alwin versah die Haken an zwei Angelschnüren mit kleinen Köderfischen. „Wir paddeln jetzt mehr zur Strommitte und werfen dort die Schnüre aus. Binde deine Schnur an dem Sitzbrett fest und wenn du einen Ruck fühlst, ziehe sie ein, mit Glück ist es ein gefangener Fisch. Größere Fische werfen wir nur in den Kasten, wenn sonst keine Kleineren drin sind, sonst gibt es zu viel Unruhe."

Für Gernot wurde es jetzt spannend, so was hatte er noch nie gemacht. Alwin zog seine Schnur bald darauf mit einem Ruck ein. Ein etwa ein Fuß langer Fisch zappelte an einem Haken, den Alwin in den Kahn schleuderte und mit einem Schlag auf den Kopf tötete. „Ein Zander, Anna wird sich freuen, der ist wohlschmeckend. Wir brauchen aber noch einen für Svea, gib dir Mühe", neckte er ihn.

Allein bei Gernot biss keiner an, das mochte an seiner Unerfahrenheit liegen, er merkte einfach nicht, wenn ein Biss erfolgte, oder am Glück, das auf Alwins Seite war.

Der hatte die Schnur wieder ausgeworfen und zog bald darauf einen über einen Fuß langen Hecht aus dem Strom.

Sie ließen ihren Kahn an Sveas Hütte und dem Dorf vorbei treiben und machten an einem mit Schilf und Buschwerk bestandenen Ufer fest.

„Hier im Uferschilf lauern Raubfische auf Beute, die wir mit dem Fischspeer jagen müssen", er deutete auf einen Speer, der vor Gernot auf dem Boden des Kahnes lag. Es hatte eine zweizackige eiserne Spitze und einen etwa zwei Schritt langen Stiel. Am Stielende war ein Seil befestigt. Er selbst hatte auch einen Speer vor sich liegen.

„Geduld musst du haben und Geschick im Umgang mit dem Speer. Wenn die großen Räuber aus dem Schilf kommen, musst du blitzschnell zustoßen und die Beute ins Boot ziehen, bevor der Fisch sich wieder losreißt. Es sind meistens große Hechte und Zander, aber auch Störe, die hier auf Jagd gehen. Auf dem Grund treibt sich hier noch der Wels herum. Da das Wasser hier nicht so tief ist, kannst du auch den erbeuten. Versuche dein Glück."

Gernot hob den Speer über die Bordwand und suchte regungslos sitzend das Wasser ab. Das war schwer für den ungeübten Bauernsohn. Bei Alwin klatschte schon nach kurzer Wartezeit der Speer in das Wasser. „Daneben", sagte er, als Gernot neugierig zu ihm hinsah.

„Binde deinen Speer an der Sitzbank fest, die großen Biester können ihn dir aus der Hand reißen." Es wurde immer spannender für Gernot. Die reißen mich aus dem Kahn und fressen mich auf, dachte er spaßhaft.

Er sah einen über einen Schritt langen Schatten unter dem Boot verschwinden und vergaß vor lauter Schreck mit dem Speer zuzustoßen. Alwin hatte es bemerkt und lachte: „Du lernst es noch, ich musste es auch erst von Sveas Vater lernen."

Sie machten den Kahn los und paddelten gegen die Strömung zurück zur Hütte. Mit den großen Biestern hatten sie heute kein Glück gehabt, aber ihre sonstige Beute konnte sich sehen lassen.

An der Hütte zog Alwin den schweren Kahn mit dem Bug aus dem Wasser an Land. Gernot staunte über die Kraft und das Geschick des alten Mannes. „Im Fischschuppen ist ein großer Weidenkorb…", Gernot holte den Korb und sie füllten die Fische aus dem Kasten und die auf dem Boden liegenden in den Korb und trugen die zum Teil noch zappelnde Beute in den Schuppen.

Svea kam und nahm den großen Hecht und einige kleinere Fische: „Das ist unsere Abendmahlzeit" sagte sie, „Anna bekommt den Zander und zwei Barsche, den Rest verkaufe ich im Dorf wenn ihr die Fische ausgenommen habt."

Sie hatten diese Arbeit schnell erledigt. Für Gernot war es eine ungewohnte Arbeit die glitschigen Eingeweide anzufassen, aber er tröstete sich, Alwin hatte sich auch daran gewöhnt. Die für sie bestimmten Fische mussten auch noch geschuppt werden.

Svea verteilte die Beute gegen Naturalien im Dorf. Sie bekam diesmal dafür einen Krug mit rotem Wein und einige Kupfermünzen. Der Wein kam von einem der Weinbauern im Dorf. Die Weinberge lagen außerhalb des Dorfes an den Berghängen. Anna bekam ihre Portion Fische gegen das fettzufütternde Schwein.

Svea teilte den Hecht in drei Teile und ließ diese zusammen mit den vorbereiteten kleinen Fischen im Wasser ihres größten Topfes ziehen. Unter Zugabe von Salz, würzigen Kräutern und einem Schuss Weinessig garte ihr Abendbrot zu einer leckeren Mahlzeit. Den Kopf bereitete sie auf gleiche Weise unter Zugabe von Möhren, Kohl, Erbsen, klein geschnittenen grünen Bohnenschoten, Zwiebeln und Rübenstückchen zu einer Fischsuppe, welche sie den beiden Männern nach dem Fischgericht reichte..

Vom Hecht bekam Gernot das Schwanzstück, in dem die wenigsten Gräten waren. Ihm wollte man das mühsame und für ihn ungewohnte Entfernen der Gräten möglichst ersparen.

„Vergiss den roten Wein nicht, Svea", erinnerte Alwin und das war für alle drei dann die Krönung zu einem wohlschmeckenden Abendbrot. Jetzt, wo der Jüngling da ist, bringt sie Wein mit, das hat sie früher nie gemacht, da haben wir Wasser getrunken, dachte Alwin.

Er war in Erzählerlaune, er wollte Gernot mit seinem harten früheren Schicksal vertraut machen. Da Svea die Geschichte schon kannte, fragte er, ob sie in seinen Schlafraum gehen sollten. „Nein bleibt hier", war die Antwort. Sie genoss die Anwesenheit Gernots und wollte ihn einfach nur beobachten. Sie bewunderte den wohlerzogenen jungen Mann, der dazu noch gut angezogen war. So konnte er als Sklave nicht ausgesehen haben. Woher hatte er die neuen Kleider und das Jagdmesser? Sie wollte ihn bei passender Gelegenheit danach fragen.

Alwin sagte zu Gernot: „Du willst sicher wissen, wo ich herkomme, kurz gesagt mit wem du es zu tun hast." Der nickte zustimmend: „Ja gerne."

„Ich habe in jungen Jahren ein ähnliches Schicksal erlitten wie du bei dem Sklavenhalter. Als ich fünf Jahre war verstarben meine Eltern an einer schrecklichen Seuche, welche in der großen Stadt Colonia Agrippinensium (Köln) wütete.

Die Römer gaben mich und meinen zwei Jahre, ihr sagt zwei Winter, älteren Bruder zu einer römischen Familie, welcher ein großes Gut gehörte, weit entfernt von der

Stadt. Der Gutsbesitzer und seine Frau hatten keine Freude an uns, wir weinten und trauerten unseren Eltern und der verlorenen Heimat nach.

Sie gaben uns seinem Vicarius der das Gut verwaltete. Der schickte uns zu den Knechten, wo wir viele Ungerechtigkeiten erduldeten, Schläge und wenig Essen. Mein Bruder Wandur musste Ställe ausmisten, eine Arbeit, welche viel zu schwer für ihn war. Für mich hatten sie in der ersten Zeit eine leichtere Arbeit ausgesucht, ich brachte den beiden Hausmägden Wasser aus dem Brunnen in die Küche und musste die Flure ausfegen.

So ging das einige Jahre. Später musste Wandur mit anderen Bäume im Wald fällen und mit Pferd und Wagen als Brennholz zum Gutshaus bringen. Ich machte meistens Arbeit auf dem Feld und in der Ernte."

Bei dem Namen Wandur sah Gernot aufmerksam zu Alwin hin, einen Wandur kenne ich auch, dachte er. „Als Wandur 14 Jahre alt war, hielt er es nicht mehr aus, er lief davon. Der Gutsherr ließ ihn suchen, eine so billige Arbeitskraft wollte er nicht verlieren. Aber er wurde nicht gefunden. Wie ich später hörte, hatte er das Gebiet des Rheins verlassen und war in den Wäldern Germaniens verschwunden.

Nun war ich mit zwölf Jahren allein. Es stand für mich fest, hier bleibe ich nicht. Es vergingen noch einmal zwei Jahre, bis ich den Mut hatte und sich mir eine Gelegenheit zur Flucht bot."

Er machte eine Pause und trank einen kräftigen Schluck Wein aus seinem Becher: „Den kannst du öfter mitbringen, Svea." Sie lachte: „Notwendige Dinge für Haus und Vieh gehen vor." Damit meinte sie vor allem Futter für ihre Schafe und Hühner, sowie Gerste für die tägliche Grütze. Ihre kleinen Felder reichten für die

Eigenversorgung nicht aus. Nahrungsmittel mussten durch Tausch gegen Fische zusätzlich beschafft werden.

Alwin fuhr fort: „Ich hatte einen jungen Germanen kennengelernt, welcher öfter zu uns kam und Nahrungsmittel und Futter für ein benachbartes Kastell holte. Den sprach ich an und hatte Glück, er wollte mir helfen: „Lege dich unter die Plane, mit der ich das Stroh für die Ställe abdecke und rühre dich nicht. Ich werde kontrolliert, wenn sie mich und dich erwischen, bin ich mein Gespann los und verliere vielleicht mein Leben.“

Ich versteckte mich unter der Plane und hatte Glück, wir wurden nicht kontrolliert. Als wir etwa drei Meilen gefahren waren, hielt der Fuhrmann an: „Du musst jetzt runter vom Wagen, wenn sie deine Flucht bemerken, verfolgen sie mich und würden dich entdecken. Verschwinde vom Weg und verstecke dich im Wald.“

Ohne sich umzudrehen fuhr er weiter und ich rannte in den Wald. Dort versteckte ich mich in dichtem Buschwerk und wartete die Dunkelheit ab. Ein Gefühl großer Einsamkeit überkam mich. Ich hatte immer jemand gehabt der sich um mich kümmerte, erst die Eltern, dann Wandur, jetzt war ich allein. Ich weinte lange Zeit, bis ich mich wieder beruhigte und an meine Flucht dachte.

Nur weit weg von dem Gutshof, das war mein einziges Ziel. Ich lief am Waldrand entlang bis zur Morgendämmerung und verbarg mich dann tiefer im Wald, wo ich erschöpft einschlief. Hunger quälte mich, ich wagte aber nicht bei größeren Bauernhöfen nach Essen zu fragen, sondern sprach eine Frau vor einer Kate an, die mich voller Mitleid ansah, abgerissen wie ich war. Sie gab mir eine Schüssel voll Grütze, die ich hungrig hinunterschlang und einige Stücke Fladenbrot. Ich bedankte mich und ehe sie mich aufhalten konnte, eilte ich weiter.

Ich wanderte durch das Land und fühlte mich sicher vor Verfolgung, da der Abstand zu dem Gut wuchs. Ich wollte zur anderen Seite des großen Stromes wechseln und bat einen Fischer mich überzusetzen. „Du hilfst mir heute beim Fischen mit dem Netz und ich setze dich bei Beginn der Abenddämmerung am anderen Ufer ab."

So kam ich auf das diesseitige Ufer und nach weiteren ziellosen Wanderungen wurde ich als abgemagerter junger Mann in zerrissenen Kleidern von Sveas Vater Willis aufgenommen. „Du kannst hierbleiben und das Handwerk eines Rheinfischers lernen. Für deine Hilfe bekommst du einen Schlafplatz und dein tägliches Essen. Einmal im Jahr näht meine Mutter dir ein neues Gewand."

Da brauchte ich nicht zu überlegen, endlich gehörte ich wieder zu einer Familie, in der jemand für mich sorgte. Einige Jahre später wurde Svea geboren, die Mutter starb bei der Geburt. Ich ging mit Sveas Vater auf Fischfang, die Nachbarin Anna nahm die kleine Svea mit in ihr Haus und sorgte für unser Essen und das Vieh. Vor fünf Jahren verstarb Willis, Svea war zwölf Jahre alt. Ich besorgte den Fischfang so gut es ging allein."

Wieder eine Pause, Alwin war gerührt von seinem und Sveas Schicksal: „Im letzten Winter nahm Annas Sohn Hergen Svea zur Gefährtin und zog zu ihr in diese Hütte. Mich hätte sie nicht genommen, ich war zu alt für sie. Über dies Entwicklung konnte ich nur froh sein, nun hatte ich eine Hilfe. Hergen war jetzt der Fischer und fuhr täglich mit mir auf den Strom hinaus. Aber er war ungeschickt im Umgang mit Kahn, Netz und Reusen. Einen Monat später fiel er über Bord als wir mit dem Netz fischten. Ich sah, wie er unter einer Eisscholle verschwand, wir haben ihn nie gefunden."

Svea hatte den Kopf gesenkt und sich dem Feuer zugewandt. Sie war nur einen Monat die Gefährtin des Fischers gewesen, dann war sie im letzten Winter wieder allein und die Sorge um das tägliche Überleben begann von Neuem. Alwin war ihr damals die große Stütze, welche sie in ihrem jugendlichen Alter brauchte.

Gernot hatte der dramatischen Geschichte aufmerksam zugehört, er sah Svea und Alwin nun mit ganz anderen Augen. Sie hatten Schlimmes erlebt, so wie er. Passte er in diese Geschichte, oder sollte er sich schnellstens auf den Weg nach seinem Heimatdorf machen. Entweder sein eigenes Leben hier anfangen, zusammen mit Svea, die ihm sehr gefiel, oder zurück ins elterliche Haus?

„Wie hast du nur die Arbeit mit dem schweren Kahn und den Reusen allein geschafft?", fragte Gernot. „Manchmal hat Svea mitgeholfen. Das Schlimmste ist, wenn du allein mit dem Netz fischen musst, morgen werden wir beide einen Versuch machen", antwortete Alwin.

0 9
GEFAHR

Im Kastell herrschte eine angespannte Stimmung. Der Centurio war ständig in gereizter Stimmung und ließ das seine Umgebung spüren. Der Garnisonbetrieb lief in geordneten Bahnen, es gab wenig Aufregendes und für ihn wenig zu tun. Die Meldung über Fremdlinge, welche in das Land eindringen wollten, betraf das Kastell bisher nicht.

Die Chatten wehrten jeden Versuch ab, der sie in ihren Dörfern gefährdet hätte. Einzelne Familien von Flüchtlingen nahmen sie auf, aber größer Trupps wurden, auch mit Waffengewalt abgewiesen. Im Kastell kam diese Bedrohung gar nicht erst an.

Der Sklavenhändler hatte Centurio Marcellus gemeldet, wo er den geraubten Germanen an den Sklavenhalter verkauft hatte, aber von dem hörte er, dass der Sklave Gernot geflüchtet und nicht auffindbar war.

Er befahl seinem Decurio Gaius: „Schicke einen Boten zu dem Sklavenhalter, er soll den flüchtigen Sklaven einfangen und hierherbringen. Anderenfalls werde ich dafür sorgen, dass ihm seine Lizenz entzogen wird."

Sein drängender Gedanke war immer noch Ulka, die er haben wollte. Wenn sie nicht freiwillig kam, würde er sie mit dem Sohn als Geisel zwingen zu kommen.

Gaius schickte einen altgedienten Legionär wie befohlen zu Gunnar. Der Bote machte an dem Landgut von Saltius einen Abstecher, um seinen alten Centurio zu begrüßen. Erfreut unterhielt sich Saltius mit ihm und ließ ihn bewirten. Der Legionär berichtete ihm, wohin und mit welcher Botschaft er unterwegs war.

Bei Saltius klickte es, hier geht es um Gernot, war sein Gedanke. Endlich ein Hinweis über seinen Verbleib. „Von wem kommt der Auftrag?", fragte er. „Ich wurde von Decurio Gaius losgeschickt, aber er hat den Auftrag direkt vom Centurio Marcellus."

Dieser Schurke dachte Saltius, damit will er Ulka und Yako erpressen. Ich will dafür sorgen, dass er keinen Erfolg damit hat. Er wünschte dem Legionssoldaten gute Reise und verabschiedete ihn.

Er rief Ernal, der aus Schwarzfeld eingetroffen war. „Endlich haben wir einen Hinweis über Gernot", sagte er, „aber bleibe hier, ich rufe Yako, dann sind wir zu Dritt und reiten an den Rhenus ihn zu suchen." Er berichtete was er erfahren hatte.

Sogleich danach befahl er seinen Hofwächter Faustus zu sich: „Du reitest auf dem schnellsten Weg nach Schwarzfeld und bestellst Yako, dass er zu mir kommen soll. Seine Gefährtin Ulka soll zu Hause bleiben und er soll mit den Nachbarn vereinbaren, dass sie seinen Hof bewachen, solange er abwesend ist."

Faustus wiederholte die Botschaft und schwang sich auf sein Pferd. Saltius wusste, er würde nicht am Kastell, sondern an einem anderen Übergang den Limes überqueren.

Der Sklavenhalter Gunnar war übelster Stimmung. Seine Knechte waren von den Dörflern auf der anderen Rheinseite verjagt worden und von dem flüchtigen Sklaven keine Spur. Jetzt war noch ein Bote aus dem Kastell mit der für ihn schrecklichen Nachricht erschienen, dass man ihm die Lizenz für seine Geschäfte entziehen würde, wenn der stinkende Sklave nicht im Kastell abgeliefert würde. Der Befehl kam direkt von dem Centurio, der großes Interesse daran haben musste, diesen in die Hände zu bekommen.

Wie zur Rettung aus großer Not erschien ein Rheinfischer: „Du hast eine Belohnung ausgesetzt, ich möchte sie mir verdienen. Ich weiß wo der Gesuchte ist." „Wenn wir ihn fassen, bekommst du ein Goldstück (Aureus) von mir."

„Dann gib mir jetzt 12 Silberstücke (Denare), das ist die Hälfte, damit ich weiß, dass du es ehrlich meinst." Gunnar war in großer Not, er musste den Flüchtling haben. Fluchend gab er dem Fischer 10 Denare: „Den Rest bekommst du, wenn wir ihn haben."

Die Magd Gerda war an der Feuerstelle beschäftigt und hatte mitgehört. Ein eisiger Schreck durchfuhr sie. Ich muss fliehen und wie kann ich ihn warnen, waren ihre Gedanken.

Gunnar packte den Fischer grob an seiner Kleidung: „Nun sag schon, wo ist der elende Flüchtling?" „Ihr geht von hier den Weg geradeaus zum Rhenus", sagte der Fischer, „dann kommt ihr zu meinem Dorf. Meine Hütte ist die letzte stromabwärts. Dort erwarte ich euch. Ich bringe euch über den Strom, kann aber nur drei Personen in meinem Einbaum unterbringen, also nur zwei mitnehmen, da wir auf dem Rückweg ja einen mehr haben. Kommt am späten Abend. Wir können nur bei Dunkelheit eine Entführung wagen."

„Ich komme heute in drei Tagen, da ist die Nacht nicht mehr so mondhell und bringe einen Knecht mit", sagte Gunnar. „Verwechselt meine Hütte nicht mit der von Elger, die liegt direkt daneben. Der ist ein Freund des Fischers von der anderen Seite", sagte der Fischer.

Auch hier hatte Gerda wieder aufmerksam zugehört. Ihr Entschluss stand fest, sie würde fliehen und über den Fischer Elger würde ihre Warnung hoffentlich bei Gernot landen. Bis an den Strom brauchte sie einen und einen halben Tag, wenn sie sich beeilte. Heute bei Anbruch der Dunkelheit wollte sie die Flucht wagen.

Am Nachmittag des übernächsten Tages klopfte es bei dem Fischer Elger an die Tür. Eine junge Frau stand davor und berichtete aufgeregt welchen Plan der Sklavenhalter Gunnar mit seinem Nachbarn ausgeheckt hatte.

„Komm herein und lasse uns überlegen was wir tun können." Gerda sagte: „Wir müssen Gernot warnen, morgen Abend will der Sklavenhalter ihn entführen." „Ich fahre morgen über den Strom und spreche mit meinem Freund Alwin, er wohnt in der Hütte des Fischers. Dich nehme ich mit, wenn das stimmt, was du mir berichtest, bist du hier in Gefahr. Heute kannst du bei mir schlafen."

Elger war Witwer, er brauchte die Eifersucht einer Frau nicht zu fürchten. Gerda zitterte, sie war voller Furcht entdeckt und gepeinigt zu werden. Der Fischer gab ihr Decken und sagte: „Du kannst dir hier ein Lager für die Nacht machen und brauchst keine Angst zu haben. Ich bleibe hier und arbeite an meinen Reusen. Wenn ich jetzt nach draußen gehe, legst du den Sperrbalken vor die Tür."

Zur Mittagszeit des folgenden Tages erreichten sie mit ihrem Einbaum das gegenüberliegende Ufer. Alwin war nicht da, Elger ging zur Hütte und sprach mit Svea. Darauf eilte er in das Dorf, um den Häuptling aufzusuchen. Svea rief Gerda in die Hütte. Unter Tränen berichtete Gerda ihre Geschichte seit der Flucht von Gernot und ihre Angst vor dem Sklavenhalter.

Svea nahm sie in den Arm und beruhigte sie: „Hier bist du sicher. Gernot ist mit Alwin auf dem Strom, sie wollten heute mit dem großen Netz fischen und werden erst gegen Abend zurück sein."

Gleichzeitig regte sich Eifersucht in ihr. War diese Frau die Geliebte von Gernot? Sie musste sich eingestehen, dass sie Gernot für sich haben wollte, eine Rivalin war in ihren geheimen Plänen nicht willkommen. Erst einmal wollte sie aber der verzweifelten jungen Frau helfen.

Elger kam zurück: „Der Häuptling kommt heute Abend mit zwei Männern hierher und wird Wache halten. Dem Sklavenhalter soll sein geplanter Schurkenstreich nicht gelingen."

Alwin und Gernot kamen zurück. Elger half das nasse Netz zum Trocknen auf das dafür vorgesehenen Gerüst zu hängen. Gernot brachte die erbeuteten Fische in den Fischschuppen.

„Was treibst du hier auf unsere Seite?", fragte Alwin seinen Freund, „du steigst wohl Svea hinterher?" Dem so angesprochenen war nicht nach scherzen zumute, er berichtete den Grund seines Hierseins und von der Anwesenheit Gerdas. Für Gernot war das ein Schock, aber gleichzeitig verspürte er Erleichterung. Heute würde sich sein Schicksal entscheiden, entweder wieder Sklaverei oder Freiheit.

Er ging in die Hütte. begrüßte Gerda und bedankte sich bei ihr, sie war ja gekommen, um ihn zu warnen. Natürlich hoffte sie auch auf ihre Freiheit. Bei beginnender Dämmerung kam der Dorfhäuptling mit zwei Männern, alle mit Speer und Schwert bewaffnet. Sie verbargen sich seitlich von der Hütte, Elger blieb bei den Frauen.

Alwin und Gernot gingen in die Nebenhütte. Gernot war fest entschlossen seinen Peiniger, den Sklavenhalter zu töten. Er hielt den zweizackigen Fischspeer fest umklammert, Alwin ebenso.

Jetzt hieß es warten und es dauerte nicht lange bis ein Boot knirschend am Ufer anlegte. Gleich darauf stürmte Gunnar in die Kate hinein, sein Schwert in der Faust, hinter ihm sein Gehilfe. Darauf hatte der Dorfhäuptling und seine Männer gewartet. Sie erschienen an der Tür und versperrten den Ausgang.

Für Gernot gab es nur ein Ziel, seine Freiheit zu verteidigen. Er sprang aus seiner Schlafecke auf und rammte den Fischspeer Gunnar in den Bauch, der fiel stöhnend zu Boden. Sein Knecht ließ sein Schwert fallen, er hatte nicht erwartet, dass Bewaffnete sie empfangen würden.

Gernot stand zitternd über den Sklavenhalter gebeugt, bereit ihm noch einen Stoß zu versetzen. Alwin kam zu ihm, nahm ihm den Speer aus der Hand und führte ihn zurück zu seiner Schlafecke: „Der kann dir nichts mehr tun, vielleicht ist er schon tot."

Die beiden Männer aus dem Dorf brachten den Fischer, der schreckensbleich zugab, dass Gunnar seinen Sklaven zurück in den Steinbruch bringen wollte. Sie legten Gunnar in das Boot: „Der überlebt die Rückfahrt nicht", sagte der Häuptling und so kam es dann auch.

„Bringt ihn zurück und lasst euch hier nicht mehr sehen. Ich werde eurem Häuptling von dem Vorfall Nachricht geben, er soll entscheiden was mit euch geschieht. Außerdem werde ich dafür sorgen, dass der römische Statthalter den Steinbruch schließt und die Sklaven befreit."

Gernot saß an der Wand der Kate, der Schreck saß tief bei ihm. Der Häuptling klopfte ihm auf die Schulter: „Diese Sorge bist du los, die kommen nicht wieder." Er schickte einen seiner Männer zu seinem Haus: „Du holst einen großen Krug Bier, wir müssen etwas trinken zur Entspannung nach dieser Aufregung." Sie setzten sich um Gernot herum und bald wurden Becher geleert, die Alwin geholt hatte. Freudige Stimmung kam nicht auf, aber der Häuptling hatte recht, das Bier trug zu ihrer Entspannung bei.

Die beiden Frauen kamen und hörten entsetzt was geschehen war. Gerda konnte nicht glauben, dass sie von ihrem Peiniger nichts mehr zu befürchten hatte.

10
GERNOTS ENTSCHEIDUNG

Svea lud Gerda ein die nächsten Tage bei ihr zu bleiben, bis sie einen Entschluss gefasst hatte, wie es weiter gehen sollte. Dabei hatte Svea schon einen Plan. Elger war allein und brauchte eine Gefährtin oder mindestens eine Magd für seinen Hausstand. Das wäre für Gerda sicher eine Lösung, aber nur bei gegenseitiger Sympathie. Die war dankbar für das Angebot, wo hätte sie sonst bleiben sollen?

Welche Rolle bei diesem Plan uneingestandene weibliche Eifersucht spielte, soll hier nicht weiter untersucht werden. Immerhin gab es im Heim des Fischers einen begehrenswerten Jüngling und zwei Frauen ohne Gefährten.

Besagter Jüngling konnte nach dem aufregenden Erlebnis des Abends lange nicht einschlafen und als er am nächsten Morgen erwachte kam ihm das alles fremd und unwirklich vor. Es dauerte, bis er begriff, dass ein ganz neues Leben vor ihm lag. Er war nicht mehr der Gejagte auf der Flucht, nein er konnte frei von Zwängen Pläne machen für seine Zukunft. Eine Sorge blieb, er musste die Eltern über seinen Verbleib aufklären.

Saltius empfing Yako auf seinem Gut und berichtete über die Neuigkeiten, welche er erfahren hatte und aus welcher Quelle sie stammten. Yako konnte seine Freude kaum unterdrücken, endlich eine brauchbare Nachricht von Gernots Verbleib. „Morgen früh reiten wir zusammen mit Ernal los. Wir werden am Ufer des Stroms entlang nach Nachrichten forschen und sicher zu einem Ergebnis kommen. Unsere Rache an dem Centurio vergesse ich nicht, damit beschäftigen wir uns, wenn wir hoffentlich erfolgreich zurückkommen." Gegen den Plan von Saltius konnte Yako nichts einwenden, obwohl er lieber sofort losgeritten wäre.

Und so kam es, dass zwei Tage später an Sveas Tür geklopft wurde und drei fremde Reiter davorstanden und nach Gernot fragten. „Ich bin Yako, Gernots Vater, wir suchen ihn und machen uns große Sorgen", sagte der großgewachsene Mann mit dem gestutzten Bart. Svea stieß einen Freudenschrei aus: „Ja, er ist hier bei uns. Er ist mit Alwin zum Fischen auf dem Strom. Kommt in meine Hütte, bis er zurückkommt können Gerda und ich euch von seinem Schicksal erzählen."

Die Reiter sahen sich an, Saltius und Ernal strahlten, Yako konnte seine Rührung nicht verbergen und musste Tränen von den Wangen wischen.

Sie banden die Pferde an und folgte der Einladung in die bescheidene Hütte. Wenig später wurde die Tür aufgerissen, Gernot stürmte herein: „Vater", war das Einzige was er sagen konnte, dann lagen sie sich in den Armen, konnten die Tränen nicht mehr zurückhalten. Den Frauen ging es genauso, Saltius und Ernal lösten die

Anspannung, indem sie Gernot begeistert und jubelnd in die Arme schlossen.

„Vater, das sind Svea und Alwin, die mich hier aufgenommen haben und das ist Gerda, ohne sie hätte ich nicht aus der Sklaverei fliehen können. Allen schulde ich großen Dank."

Nachdem sich der Tumult um die Ankömmlinge etwas gelegt hatte, stellte er Saltius und Ernal vor. Zu Gerda sagte er: „Das ist Saltius, den ich dir genannt habe, bevor ich mich auf den Weg machte."

Was sich an diesem Abend in der Hütte des Fischers abspielte, was alles erzählt werden musste, das unglaubliche Glück welches alle durchströmte über die Rettung nach Not und Gefahr für Leib und Leben, kann man sich vorstellen.

Was die Zuhörer noch nicht kannten war die Geschichte seiner Fluchthelfer. Gernot erzählte wie selbstlos ihm Gerda und Halvor mit seiner Alten geholfen hatten. Gerda senkte bescheiden den Kopf, was er nicht erzählte und wohl auch nicht wusste, war die Tatsache, dass sie sich dabei in ihn verliebt hatte.

„Wie habt ihr mich gefunden?", wollte Gernot noch wissen. „Wir hatten eine Nachricht, die ich dir später mitteilen werde und sind am großen Strom entlang geritten. Dort haben wir in den Dörfern die Häuptlinge befragt und dich hier gefunden", war die Antwort von Saltius.

Yako sah seinen Sohn an, er war schmaler geworden, sah reifer, erwachsener aus. Er als Vater war nur glücklich, ihm fehlte Ulka, sie hätte an seinem Glück teilhaben sollen.

Svea begann mit Vorbereitungen für das Abendbrot für die ganze Gesellschaft. Saltius sagte: „Ernal, hole die beiden Beutel von meinem Sattel, die kann Svea mit für unsere Mahlzeit verwenden." Sie staunte nur über die Köstlichkeiten, die sie dem Gutsbesitzer eingepackt hatten und bereitete ein ausgiebiges Abendbrot zu. Alwin eilte in das Dorf und holte zwei große Krüge Wein.

Das Abendbrot wurde dann zu einem Erlebnis, welches zu den befreienden Ereignissen des Tages so recht passte. An Unterhaltung fehlte es nicht, vor allem Gernot wollte noch so viel über Schwarzfeld und seine Mutter wissen.

Auf seine Frage: „Wer hat mich entführt", antwortete Saltius: „Das wissen wir nicht, aber wer seine Finger dabei im Spiel hatte, das wissen wir und der wird unsere Rache noch spüren." Gernot frug nicht weiter, das musste ein anderes Mal besprochen werden.

Yako und Ernal versorgten die Pferde, Svea und Gerda hatten Nachtlager für die Gäste vorbereitet: „Ihr könnt hier in der Hütte schlafen", sagte Svea zu den Männern, welche sich schon auf eine Nacht im Freien vorbereitet hatten: „Gerda und ich schlafen an unseren gewohnten Plätzen." Dagegen war nichts einzuwenden und alle freuten sich auf eine ruhige Nacht.

Das Frühstück am nächsten Morgen wurde wieder weitgehend aus den Vorräten bestritten, welche Saltius mitgebracht hatte. „Wir müssen deiner Mutter schnellstens eine Nachricht schicken oder du musst selbst nach Schwarzfeld gehen", Yako mahnte in dieser Angelegenheit zur Eile. Gernot nahm den Vater am Arm und ging mit ihm aus der Hütte: „Vater, ich bitte dich Svea zu fragen, ob sie meine Gefährtin werden will. Vater und Mutter von ihr sind tot, da kannst du nicht für mich werben, du musst sie selbst fragen."

Yako sah seinen Sohn erstaunt an, man könnte auch sagen erschrocken. Er hatte ihn wiedergefunden und jetzt wollte er vielleicht gar nicht mehr mit nach Hause, welch ein Schock für Ulka. Der Sohn erwiderte seinen prüfenden Blick: „Ich möchte mit ihr zusammenleben, weiß aber nicht, wie sie darüber denkt. Bitte frage sie."

Nachdenklich senkte er den Kopf, mein Sohn wird erwachsen, das wundert mich nicht bei den schweren Erlebnissen, welche er gemeistert hat. Er nahm Gernot an der Hand und zog ihn zurück in die Hütte. Hier saß die Frühstücksgesellschaft noch zusammen.

Ohne Zögern ging er zu Svea: „Ich frage dich, Svea, für meinen Sohn, willst du seine Gefährtin werden und dein zukünftiges Leben mit ihm teilen. Er hat mich gebeten um dich zu werben."

Die Angesprochene traf diese Frage völlig unvorbereitet. In einer ersten spontanen Reaktion sprang sie auf und warf sich mit puterrotem Kopf Gernot in die Arme. Dann eilte sie zurück auf ihren Platz, die Anwesenheit anderer wurde ihr bewusst.

Nach einer Pause blickte sie Yako an und sagte schelmisch lächelnd: „Muss ich antworten?" Der lachte: „Du hast bereits geantwortet." Saltius und der Rest der Gesellschaft beglückwünschten Gernot, der noch sprachlos an seinem Platz stand, wie schnell hatte sein Vater für ihn gehandelt.

Gerda umarmte Svea und wünschte ihr Glück. Gernot war auch ihr Liebling, aber der Altersunterschied war zu groß. Gernot hatte sich entschieden und das war der richtige Weg. Sie ging zu ihm und wünschte ebenfalls Glück, er drückte sie an sich und konnte sehen, wie traurig sie war.

11
DIE RACHE

Gernot wusste, seine Mutter musste schnellstens Nachricht von ihm erhalten, aber vorher wollte er noch seinen Dank bei Halvor und Helga abstatten, das war ihm eine Herzensangelegenheit.

Er fragte seinen Vater: „Wie kann ich mich bei den Alten bedanken, sie haben mir so sehr geholfen? Ich habe nichts was ich ihnen schenken könnte." Sie berieten sich mit Saltius, der das gleich zu seiner Sache machte: „Entweder geben wir ihnen einen Geldbetrag, oder sie bekommen ein Geschenk von mir, was du für später ankündigen musst." Das könnten neue Werkzeuge oder Saatgut für das nächste Jahr sein, meinte er.

Gernot war damit zufrieden, er würde Halvor und Helga fragen, was sie dringend brauchten.

Die nächste Frage war, wie er seinen Dank bei Gerda abstatten konnte. Auch da wusste Saltius Rat: „Sie bekommt neue Kleidung, das bespreche ich mit meiner Gefährtin Herdis, wenn wir zurück sind."

Yako bat Ernal Gernot zu begleiten und schon am nächsten Morgen brachte Alwin sie auf das andere Ufer des Stromes und sie machte sich zu Fuß auf den Weg. Allein wollte Yako seinen Sohn nicht ziehen lassen, da er nicht wusste, ob die früheren Knechte von Gunnar noch in der Gegend waren.

Die Pferde konnten nicht mit dem Kahn befördert werden und den breiten Strom durchschwimmen war Yako zu riskant. Dem Pferd von Saltius konnte man das zumuten, aber die Pferde aus Schwarzfeld, die waren das nicht gewöhnt und man wusste nicht, wie sie auf das unbekannte Element reagieren würden. Lass die jungen Leute zu Fuß gehen, dachte er.

Gernot wusste, es war ein strammer Tagesmarsch bis zur Hütte er beiden Alten. Diesmal gingen sie bei Tageslicht und kamen im Dunkeln an. In der Hütte war alles dunkel. Die beiden Wanderer verbrachten die Nacht in einiger Entfernung im Freien.

Am nächsten Morgen klopfte Gernot an die Tür. Halvor öffnete und sah ihn ungläubig an, dann lief ein Strahlen über sein Gesicht und er schloss ihn in die Arme: „Du hast es geschafft, Dank sei den Göttern."

„Ich habe es nur geschafft wegen eurer Hilfe, sonst wäre ich nie ans Ziel gekommen", antwortete Gernot, „und das ist mein Freund Ernal." „Alte aufgewacht, wir haben Besuch", rief Halvor. Helga erhob sich von ihrem Lager: „Ich kann es nicht glauben, deine Flucht ist gelungen und du hast uns nicht vergessen. Aber begibst du dich nicht in große Gefahr, wenn du wieder hierherkommst?" Gernot schloss sie in seine Arme und beruhigte sie: „Hört, was ich zu erzählen habe."

Sie nahmen am Feuer Platz und Gernot erzählte seine Geschichte. Freudig nahmen die beiden Alten den Tod des

Sklavenhalters zur Kenntnis und bewunderten ihren früheren Schützling ob seiner mutigen Tat. Eine Gefährtin hatte er auch gefunden, welch ein Glück für ihn.

Sie durchstreiften mit dem Alten die Umgebung und übernachteten in der Hütte. Im Gespräch hatte Gernot erfahren, dass eine neue Axt und eine neue Sense schon willkommen wären. Helga brauchte dringend neue Krüge und Teller. Bei ihnen waren noch Holzteller im Gebrauch. „Ich werde euch Saatgut für die nächste Aussaat schicken, ein reicher Gutsbesitzer schenkt es mir. Bitte nehmt es an als Zeichen meiner Dankbarkeit."

„Wir haben dir nicht geholfen, um Geschenke zu bekommen", sagte Helga. Halvor unterbrach sie: „Wir nehmen es an und danken dir und deinem unbekannten Gönner." Unter fröhlichem Gelächter wurde diese Abmachung beschlossen.

Gernot drängte zum Rückmarsch, irgendetwas trieb ihn zur Eile, es konnte nur Svea sein.

Halvor und Helga sahen ihnen lange nach und winkten. Am späten Abend erreichten sie Elgers Hütte am Rhein und übernachteten dort.

Am darauffolgenden Tag war die Begrüßung der beiden Wanderer an der Hütte des Fischers liebevoll, stürmisch. Svea flüsterte Gernot ins Ohr: „Ich lass dich nicht mehr weg!" Er berichtete dem Vater und Saltius was in Halvors Kate dringend benötigt wurde: „Diese Wünsche werde ich erfüllen", sagte der Gutsbesitzer.

Aber auch auf dieser Seite des Stromes gab es Neuigkeiten. Saltius hatte bei Gerda im Namen von Ernal geworben und sie war bereit seine Gefährtin zu werden. Der strahlte, sein geheimer Wunsch war in Erfüllung gegangen. Jetzt musste noch geklärt werden, wo sie sesshaft werden konnten. Gerda würde der Abschied aus ihrer Heimat am Rhenus natürlich schwerfallen. Aber gab es eine andere Möglichkeit als der Umzug nach Schwarzfeld, wo Ernal Erbe eines Bauerhofes war?

Ernal schob dieses Problem erst einmal zur Seite, drückte und herzte seine Gefährtin bis sie lachend sagte: „Nun ist es gut, was sollen die Leute denken?"

Saltius und Yako verabschiedeten sich und machten sich auf den Weg zum Landgut. Sie wollten in wenigen Tagen wieder zurückkommen und besprechen, wie es weiter gehen sollte.

Im Kastell ging man dem Befehlshaber aus dem Weg, dessen üble Laune wurde zu einem Dauerzustand. Seine Gedanken an Ulka wurden zu einer fixen Idee, zu einer Gier. Von dem Sklavenhalter hatte er immer noch keine Nachricht, den Sklaven hatte er natürlich auch noch nicht hergeschafft.

Ein Brief wurde von einem fremden Reiter bei der Torwache abgegeben: „Für den Centurio", sagte der Überbringer, wendete sein Pferd und verschwand bald darauf im angrenzenden Wald.

Der Wachhabende übergab das Schreiben seinem Decurio, der es beim Sekretär des Befehlshabers abgab.

Kurze Zeit später ließ der Centurio den Unteroffizier Gaius rufen: „Von wem hast du diesen Brief?", fragte er. „Der Wachhabende hat ihn von einem Reiter erhalten und bei mir abgeliefert." „Habt ihr den Boten festgehalten?", „Nein, er war schnell wieder weg, wie mir berichtet wurde."

„Der Wachhabende bekommt 20 Peitschenhiebe und du geh mir aus den Augen, bevor ich dich in Ketten legen lasse."

Der Brief war in fehlerhaftem Latein geschrieben und hatte dem Centurio Herzklopfen verursacht

„Ich kann die Sorge um meinen Sohn nicht mehr ertragen und bitte dich um ein Treffen. Etwa eine Meile von dem nach Sonnenuntergang gelegenen Ausgang aus dem Kastell liegt eine unbewohnte Hütte, dort können wir uns treffen. Ich kenne den Besitzer. Du musst allein kommen, damit ich an deine ehrliche Absicht glauben kann, sonst wirst du mich nicht antreffen. Komme morgen Abend bei Beginn der Dämmerung", so lautete das geheimnisvolle Schreiben.

Das ist sie, jetzt habe ich sie, gingen die Gedanken bei dem Briefempfänger, ich werde sie nicht mehr loslassen und ins Kastell schleppen. Der Bengel ist mir gleichgültig, wenn das nur gelingt.

Am nächsten Abend ritt der Centurio durch das nach Sonnenuntergang gelegene Tor des Kastells. Es war das letzte Mal, dass seine Untergebenen ihn sahen.

Als er am nächsten Tag noch nicht wieder zurück war, wurden Suchmannschaften ausgeschickt. Alle anliegend wohnenden Bauern wurden befragt, auch der Torwächter von Saltius Landgut. Keiner hatte ihn gesehen. Bauern hatten sein Pferd am Rheinufer grasen sehen, es aber nicht eingefangen aus Angst man könnte ihnen das als Diebstahl anrechnen.

Als das Pferd dann im Laufe des Tages gesattelt aber ohne Reiter zurück zu seinem Stall kam, wurde die Suche auf das Rheinufer ausgedehnt.

Ein Fischer fand die Leiche eines römischen Offiziers, welche zwischen seinen Reusen und dem Schilfgürtel an Land angetrieben war. Es war der der Leichnam des Centurio Marcellus.

Der Legatus (Oberbefehlshaber) der XXII. Legion, zu der die Centurie des Marcellus gehörte, befahl ein strenge Überprüfung der Umstände seines Todes. Der beauftragte Tribun und seine Mannschaft stellten Tod durch Ertrinken fest. An dem Leichnam waren keine Gewalteinwirkungen erkennbar. Man musste als Ergebnis der Untersuchung von einem Unglücksfall ausgehen, der Centurio war vom Pferd gestürzt und im Strom ertrunken.

Er wurde in Nida bestattet. Seine Familie errichtete ihm ein Grabdenkmal mit der Inschrift: Marcellus Julius Tiberius, Offizier in der XXII. Legion, verstorben im Alter von 28 Jahren, ist hier bestattet.

MARCELLUS JULIUS TIBERIUS
CENTURIO LEGIONIS XXII
ANNORUM XXVIII
HIC SITUS EST

1 2
WIEDER IN SCHWARZFELD

Nach drei Tagen kehrten Yako und Saltius zurück. Sie brachten ein Packpferd mit, auf dem die Schätze für Halvor und Helga untergebracht waren. Auch Gerda hatten sie nicht vergessen.

Gernot hatte in der Zwischenzeit mit Alwin fleißig gefischt und auch Ernal hatte mitgeholfen. Die meiste Zeit verbrachte Gernot allerdings mit seiner Gefährtin, die ihm ja so gut gefiel und mit der er Pläne für ihre Zukunft machte

Das war bei Ernal nicht anders. Yako verlangte allerdings: „Jetzt müssen wir erst zu deiner Mutter, dann könnt ihr eure Pläne machen." Das galt auch für Ernal, der seine Gefährtin den Eltern vorstellen musste.

Sie machten noch einen Besuch bei Halvor und Helga, das Packpferd schwamm durch den Strom. Es war ein ehemaliges Militärpferd, welches solche Strapazen kannte. Die Lastpacken hatte man im Kahn verstaut.

Die beiden Alten glaubten nicht was da auf sie zukam und wollten solche Schätze nicht annehmen. Gernot und Ernal kannten keine Gnade, alles ging in ihren Besitz über. Halvor aß zum ersten Mal von einem Tonteller und mit einer Metallgabel. Das Holzgeschirr wurde zu Brennmaterial.

Herzlicher Abschied mit einem Scherz von Halvor über den sie tüchtig lachen mussten: „Nächstes Mal lasst ihr auch das Pferd hier."

Die jungen Paare hatten noch keine Nacht mit ihren Partnern allein verbracht und das erleichterte, beschleunigte die Abreise nach Schwarzfeld. Dort würde sich Gelegenheit zur Zweisamkeit ergeben. Yako nahm das Packpferd, Svea saß hinter ihm und Gerda saß bis zum Landgut hinter Ernal, dort erhielten sie von Saltius Pferde. Beide hatten noch nie auf einem Pferd gesessen und der Weg wurde beschwerlich.

Alwin winkte den Reisenden nach, etwas traurig war er schon, Gerda hätte ihm als Gefährtin auch gefallen. Nun hatte sie einen Gefährten gefunden welcher nur gering älter wie sie war. Er selbst war fast doppelt so alt und hätte ihr Vater sein können. Während der Abwesenheit des jungen Paares würde er Haus und Hof hüten. Gerda war gespannt, was sie in dem Walddorf erwarten würde.

Dort gab es einen großen Auflauf zu ihrem Empfang. Gernot wurde von Mutter und Bruder in Beschlag genommen, die Freude über seine Rückkehr war groß. Die Dorfbewohner drängten um die Höfe von Yako und Bolgur

Die fremde junge Frau wurde erst später bemerkt und als Ulka hörte, dass Gernot sie zur Gefährtin gewählt hatte, wurde Svea von ihr herzlich begrüßt und willkommen geheißen. Jetzt kommt er nicht nur gesund zurück, er bringt auch noch eine Gefährtin aus der Fremde mit, dachte sie. Sie erinnerte sich voller Liebe an ihre erste Zeit mit Yako und hatte einen Plan.

Bei Bolgur nahm das Staunen kein Ende, auch Sohn Ernal hatte eine Gefährtin aus der Fremde mitgebracht. Der Empfang war genau so herzlich wie bei Nachbar Yako.

Sobald der erste Ansturm sich gelegt hatte besuchte Gernot den Nachbarn Wandur und seine Gefährtin Nelda. Er wurde wieder freudig begrüßt. Auch die Tochter Herlind, inzwischen im Alter von sechzehn Wintern und ein ansehnliches Mädchen begrüßte den Nachbarsohn.

Seine ganze Geschichte mochte Gernot nicht erzählen, er lud alle Dorfbewohner für den Abend in das Langhaus seiner Eltern ein, dort wollte er über sein Schicksal berichten. Aber mit Wandur hatte er in spezielles Thema: „Der Gehilfe bei dem Fischer heißt Alwin und erzählte mir von einem zwei Winter älteren Bruder mit Namen Wandur, von dem er nicht weiß, wo er ist." „Wie alt war dieser Alwin?", fragte Wandur.

„Er wird ungefähr 40 Winter alt sein." Wandur überlegte: „Das könnte mein Bruder sein, von dem ich seit vielen Jahren nichts mehr gehört habe. Aber um sicher zu gehen, müsste ich ihn sehen. Du bist gerade angekommen, hast noch keine Pläne für eine Rückkehr gemacht."

„Nein, das hängt auch von Svea ab, die ich euch heute vorstellen werde." Er verabschiedete sich und ging zu seinen Großelter Rodulf und Brigga. Dort musste er sich viele Liebkosungen gefallen lassen, so froh waren die Großeltern, dass er wieder da war.

Sein jüngerer Bruder Ulf eilte von Haus zu Haus und lud zu Beginn der Dämmerung in das Langhaus seines Vaters ein: „Ihr sollt zu uns kommen, Gernot will erzählen, wie sie ihn geschnappt haben und wo er sich so lange rumgetrieben hat. Sein Weib will er euch auch zeigen", lautete seine jugendlich unbekümmerte Einladung. Zu Ernal sagte er noch ergänzend: „Du sollst auch mitkommen und die Frau mitbringen", dabei deutete er auf Gerda.

Diese herzliche Form der Einladung erregte überall Heiterkeit und hatte Erfolg, alle kamen. Und zu Beginn der Dämmerung wurde es eng in dem großen Langhaus, etwa zwanzig Besucher waren da.

Zusätzliche Bänke wurden aufgestellt und als alle ihren Sitzplatz hatten, wurden Becher verteilt, die von Yakos Eltern stammten. Ulka, Svea und Gerda schenkten Bier für die Männer und mit Honig gesüßten Met für die Frauen ein.

Yako hatte schon Übung als Gastgeber und begrüßte die Gäste: „Liebe Nachbarn und Freunde, ich begrüße euch in unserem Haus. Ein erfreuliches Ereignis ist Grund für diese Einladung. Unser Sohn Gernot ist wieder da und er will euch erzählen, wie es ihm ergangen ist. Er hat eine Gefährtin mitgebracht, die ihr dann auch kennenlernen werdet. Jetzt soll er euch aber selbst alles Weitere berichten."

Gernot hatte sich genau zurechtgelegt, wie er seine Ansprache beginnen wollte. Als er dann vor der Besucherschar stand hatte er alles vergessen: „Liebe Nachbarn, schön, dass ihr der Einladung gefolgt seid", herzliches Gelächter unterbrach ihn. Er blickte unsicher auf die Besucher, Helmfried der Schmied klärte ihn auf: „Gernot, als du die Einladung erwähnt hast mussten wir lachen, weil dein Bruder diese so herzlich ausgesprochen hat, da mussten wir einfach kommen."

103

Yako fragte Ulf: „Was hast du denn zu unseren Nachbarn gesagt?" Verlegen wiederholte Ulf den Wortlaut, was wieder ein herzliches Gelächter auslöste. Auch seine Eltern mussten lachen: „Na, jedenfalls hast du Erfolg gehabt", lobte der Vater.

Nun war Gernot wieder an der Reihe und schilderte sein Schicksal von dem Tag, an dem er auf Kundschaft nach den Fremdlingen im Wald unterwegs war und niedergeschlagen wurde. Seinen Weg in die Sklaverei und die Qualen, die er erleiden musste. Bei einigen Frauen flossen Tränen, so auch bei Brigga und Ulka.

Seine Flucht mit Hilfe von Gerda, den freundlichen Alten und der Weg über den Rhein zu dem Fischer Alwin und zu Svea. Schließlich der Überfall des Sklavenhalters und dessen Tod. Die Zuhörer lauschten gespannt, was hatte der Junge alles erlitten.

Das große Glück, dass sein Vater, Saltius und Ernal ihn gefunden hatten und nun die glückliche Heimkehr nach Schwarzfeld.

„Meine Gefährtin Svea will ich euch vorstellen, die mich als Flüchtling aufgenommen hat." Svea ging durch die Reihen der Gäste schüttelte einig Hände und wurde bewundert als wunderschöne Gefährtin für Gernot.

Wandurs Tochter Herlind wäre auch gerne eine Verbindung mit Gernot eingegangen und war enttäuscht. Die Auswahl an jungen Männern war nicht sehr groß in Schwarzfeld. Auf Wandurs Bitte erwähnte Gernot nichts von Alwin, die Vermutung, dass es sein Bruder wäre, war zu ungewiss.

Gernot hatte seine ungewohnte Aufgabe gut gemeistert und rief Ernal zu: „Nun bist du dran." Schurke, dachte der und stellte sich vor die Gäste mit Gerda an der Hand.

„Ich war mit Saltius und Yako am Rhenus und habe dort bei dem Fischer Gerda kennen gelernt. Wir wollen zusammen bleiben so wie Gernot und Svea", lautete seine einfache Ansprache. Bolgur rief: „Deine Eltern freuen sich und heißen Gerda willkommen." Gerda begrüßte die ihr am nächsten sitzenden Anwesenden. Sie strahlte und war, erlöst von ihrem Peiniger und mit dem neuen Gewand von Saltius wunderschön anzusehen.

Die Schilderung von Gernot wurde unter den Dörflern ausgiebig kommentiert. So etwas hatte man in Schwarzfeld noch nie erlebt, Entführung, Verkauf in die Sklaverei! Was würde noch alles geschehen, wenn mehr hungrige Fremdlinge kamen? Aber erst einmal wurde Gernot beglückwünscht für seine mutigen Taten, Befreiung aus der Sklaverei und den Kampf gegen den Sklavenhalter.

Mutig geworden ergriff er noch einmal das Wort: „Eins habe ich auf meiner Flucht gelernt, vertraue den einfachen Leuten, denen du begegnest. Die helfen dir, das sind deine Freunde."

Großmutter Brigga war gerührt, sie wischte sich die Tränen aus den Augen und nahm ihren Kleinen, wie sie ihn immer noch nannte, in den Arm. Gernot lachte: „Alle Frauen mögen mich", sagte er und erwiderte die Liebkosungen seiner Oma.

Wandur wollte am kommenden Tag einen Dank an die Götter abstatten und bat alle zur gleichen Stunde zum Altar an der großen Eiche zu kommen, wo für Gernots glückliche Heimkehr ein Opfer gebracht werden sollte.

Die Becher wurden nachgefüllt und die Gespräche fröhlicher, die ersten Gäste gingen nach Hause, bald war die Familie unter sich, alle waren müde. Ulkas Stunde kam.

Sie fand das junge Paar auf der Bank neben dem Haus im Gespräch vertieft. Gernot war nahe an seine Liebste gerückt. Ulka betrachtete die Beiden, Erinnerungen an ihre eigene Zeit als Mädchen auf dem Hof von Yakos Eltern wurden wach. Gernot bemerkte sie: „Was gibt es Mutter?", sie empfand sich als Störenfried und sagte: „Ihr könnt heute im Heuschuppen schlafen, ich habe euch das Lager mit Decken vorbereitet." Genauso wie dein Vater es gemacht hat, als wir uns kennenlernten, dachte sie und freute sich für die beiden jungen Leute.

„Danke Mutter, das ist eine gute Idee", Gernot sah Svea strahlend an, „Dann werden wir halt im Heu schlafen", sagt er wohl wissend, dass das kein Verzicht, sondern ein Gewinn für sie beide war.

Svea erwachte am Morgen und musste sich erst besinnen, ehe sie wusste, wo sie war. Sie fühlte neben sich, ja Gernot lag da, er schlief noch fest. Sie fühlte sich wohl in dem Heulager, wusste aber, dass jetzt die Frage nach ihrer Zukunft kam. In Schwarzfeld bleiben, oder zurück an den Rhenus. Yako und Ulka wollten Gernot bei sich behalten, da war sie sich sicher, was er wollte wusste sie nicht, das musste besprochen werden. Was wollte sie eigentlich? Darüber musste sie sich selbst noch klarwerden. Gernot wachte auf und rückte zu ihr hin. Zärtlich streichelte er ihr Gesicht und flüsterte Koseworte wie meine Schöne, meine Königin. Als er sagte: „Meine starkbrüstige …", hielt sie ihm lachend den Mund zu: „Halt, nichts weiter will ich von dir hören!"

Das ganze Dorf kam am nächsten Tag zum Altar. Ein Feuer wurde angezündet und Wandur der Seher opferte einen Hahn als Dank an die Götter für Gernots Rettung. Er reckte seine geweihten Stäbe mit den Runeninschriften gegen den Himmel und dankte Allvater Wotan:

„Großer Herr über unser Leben
Gernots Rettung danken wir dir.

Nicht Sklave wollte er sein,
Niemals, nur freier Mensch durch deinen Willen.
Behüte unser Dorf."

Gernots Großeltern luden in ihr Langhaus und alle hatten sich etwas zu erzählen. Svea sagte zu den ihr nahe sitzenden Frauen: „Wir haben in unserem Dorf etwas von einem neuen Gott gehört, einem Friedensgott, der nichts mit Krieg und Streit im Sinn hat. Aber nur eine Familie hat sich zu ihm bekannt. Der Verkünder seines Glaubens ist weitergezogen und die Familie, welche er gewonnen hatte, ist bald wieder zu unseren alten Göttern zurückgekehrt. Seinen Altar hat unser Seher abgerissen."

Keiner der Dorfbewohner hatte von dem neuen Glauben etwas gehört, keiner glaubte, dass es mächtigere Herrscher geben könnte als die alten Götter ihrer Vorfahren.

Rodulf, der Hausherr, hatte mitgehört und war sehr nachdenklich. Er dachte an die Fremdlinge, welche in das Chattenland drängten und jetzt hörte man von einem neuen Gott. Brach die alte Ordnung zusammen, waren sie noch sicher in ihrer Heimat?

1 3
SALTIUS BEKOMMT BESUCH

Statt der üblichen zwei Pferde weideten fünf auf den kargen Weiden des Walddorfes. Weideflächen waren knapp in Schwarzfeld, das Dorf war umgeben von Wald. Das Gras der vorhandenen Weiden wurde als Heu für das Winterfutter der Haustiere benötigt, die überzähligen Pferde waren dabei nicht vorgesehen.

Da drei Pferde Saltius gehörten, war es Zeit, diese zu ihm zurückzubringen. Zwei Männer mussten bestimmt werden diese Aufgabe zu übernehmen. Yako wollte das übernehmen und bat Wandur ihn zu begleiten. Der stimmte zu und dachte dabei auch an einen Besuch bei Alwin dem Fischer, von dem er nicht wusste, ob es sein Bruder war.

Die jungen Paare würden sich wohl nicht so schnell entscheiden, wo sie sesshaft werden wollten, hoffentlich nicht am Rhenus. Yako wollte Gernot und Svea hierbehalten und Bolgur dachte bestimmt genauso über

Ernal und Gerda. Folglich musste er die Tiere selbst zurückbringen.

Hofwächter Faustus kam eilig zu Saltius gerannt: „Herr, drei Reiter kommen, es sind Römer." „Führe sie hierher und halte die Augen offen. Wenn sie bewaffnet sind, bleibe in der Nähe", Saltius war nicht beunruhigt, aber vorsichtig wollte er schon sein.

Es war hoher Besuch, den er begrüßte, sein ehemaliger Vorgesetzter der Befehlshaber der Kohorte, zu der die Centurie aus dem Kastell gehörte: „Ich begrüße dich Praefectus, sei willkommen in meinem Haus." Der Präfekt sagte: „Sei gegrüßt Centurio", wobei man als besondere Freundlichkeit werten konnte, dass er die Sprache der Chatten benutzte und nicht lateinisch sprach, wie es seinem Rang entsprochen hätte.

Sie betraten das Haus und der Gast begrüßte Herdis, die Hausfrau besonders liebenswürdig. Der mag wohl junge Frauen, dachte Saltius.

Er hatte während seiner Dienstzeit wenig Kontakt mit dem Präfekten gehabt, Ausnahmen waren seine halbjährlichen Berichte, welche er ihm in Nida vortrug. Saltius hatte einen hervorragenden Ruf als Kommandant des Kastells. In seinem Grenzbereich hatte immer gute Übereinkunft mit den Chatten geherrscht, was auch seinem Geschick im Umgang mit den oft streitlustigen Grenzbewohnern zu verdanken war. Kam es einmal zu einem Streitfall hatte er das Gespräch mit den Stammeshäuptlingen gesucht und immer mit Erfolg geschlichtet.

Herdis versorgte die beiden Begleiter und fragte den hohen Gast nach seinen Wünschen. Bevor er aber antworten konnte machte Saltius den Vorschlag: „Wir möchten dir Scheiben vom Schweineschinken, den wir aus dem Rauch geholt haben, mit Brot und einem Becher Wein anbieten, Praefectus." Damit war der Gast hochzufrieden: „Und dabei können wir uns über meine Wünsche an dich unterhalten."

Was will er von mir, dachte Saltius, meine Zeit unter seinem Befehl ist vorbei. Wie er sich täuschte der gute Saltius, das sollte er gleich erfahren.

„Centurio, schwere Zeiten kommen auf das römische Reich zu. An den Grenzen drängen fremde Völker unsere Grenzbewohner zurück und im Inneren sorgt ein neuer Glaube für Unruhe und will die alte Ordnung unserer Götter Jupiter und Mars zerstören. In unseren Hilfstruppen macht sich Unruhe bemerkbar, die jungen Gallier, Ubier und Chatten bemerken anstehende Veränderungen. Ausgerechnet jetzt trifft uns noch dazu ein Unglück, unser Centurio Marcellus ist im Rhenus ertrunken, du hast sicher von dem Unglücksfall gehört."

Saltius nickt und denkt, so groß war dieser Verlust für die Legion nicht: „Was hat die Untersuchung dazu ergeben?" „Er muss vom Pferd gestürzt sein. Verletzungen, die auf einen gewaltsamen Tod hindeuten, hatte der Leichnam nicht. In einer Tasche seiner Jacke fand man einen beschriebenen Zettel, aber die Schrift war durch das Wasser unleserlich geworden. Das Pferd ist allein ins Kastell zurückgekommen. Ich komme nun auf den Grund meines Besuches auf deinem schönen Landgut zurück. Ich wollte keinen Vortrag über die politische Lage halten, ich wollte dich bitten für eine Übergangszeit wieder den Befehl im Kastell zu übernehmen." Oje, ich ahnte es, dachte der so Angesprochene.

„Das Kastell liegt hier an einer gefährdeten Stelle und wir brauchen einen bewährten Befehlshaber, der den

Rückhalt unter den Soldaten hat. Das ist bei dir der Fall, außerdem könntest du den Nachfolger einarbeiten."

„Für wie lange sollte das sein?" „Maximal für ein Jahr." Saltius brauchte Bedenkzeit, er wollte auch mit seiner Gefährtin sprechen und die Antwort am folgenden Tag geben. Er lud den Praefectus und die beiden Begleiter ein bei ihm zu übernachten.

Der hohe Herr war einverstanden und nutzte den Nachmittag zu einem Besuch im Kastell, wo sein unerwartetes Erscheinen für Aufregung sorgte.

Saltius sprach mit Herdis, die nicht begeistert war von dem Plan, aber doch zustimmte. Als er das am nächsten Tag dem Präfekten mitteilte, bat er Herdis zu rufen und sagte: „Ich will, dass du zufrieden bist, du bekommst von mir ein Geschenk." Also doch, dachte Saltius, der Alte mag sie. Dabei war der Präfekt kaum fünf Jahre älter als er. Jetzt muss ich nur aufpassen, dass sie das Geschenk nicht in seiner Präfektur in Nida abholen soll.

Saltius hatte aber noch einen Vorbehalt: „Der neue Centurio sollte ein verdienter Mann aus dem Mannschaftsstand sein. Der versteht die Chatten an der Grenze und findet dort auch Freunde." Er erzählte dem Präfekten von dem hochmütigen Benehmen des Marcellus gegenüber den Barbaren, welche diese aber keineswegs waren. Die Grenzstämme hatten ihre Rechtsprechung und ihren Götterglauben. Sie siedelten in Dörfern mit gewählten Häuptlingen, welche regelmäßig Things abhielten, was ihrem Zusammenleben eine feste Ordnung gab.

„Da habe ich keinen den ich dir schicken könnte."

„Der Decurio (Unteroffizier) Lucius wäre dafür geeignet", war ein Vorschlag von Saltius.

„Den will ich mir ansehen", sagte der hohe Herr und ritt mit seiner Begleitung und Saltius noch einmal zum Kastell. Der Decurio wurde in den Empfangsraum des Centurio gerufen. Mit Zittern und Zagen erschien Lucius, habe ich was verbrochen, gingen ihm Gedanken durch den Kopf.

Er stellte sich in militärisch strammer Haltung vor dem Präfekten auf: „Herr, ihr habt mich rufen lassen." „Womit warst du gerade beschäftigt Decurio?", fragte ihn der hohe Herr. „Ich habe die Rekruten gemustert, wir stellen ihnen Kleidung, Bewaffnung und Ausrüstung, sie sollen sich an Ordnung gewöhnen." „Sehr gut, wie ist dein Eindruck von den Hilfstruppen?" „Sie sind mit ihren Pflichten noch nachlässig, aber mit etwas Zwang werden sie lernen, was zu tun ist."

„Dein früherer Befehlshaber Saltius wird hier den Befehl nach dem Tod von Centurio Marcellus noch einmal übernehmen und er hat vorgeschlagen dich danach zum Centurio des Grenzkastells zu ernennen. Ich werde diesem Vorschlag folgen, muss dir aber noch vom Statthalter der Provinz das römische Bürgerrecht verleihen lassen. Das wird ein halbes Jahr dauern, betrachte die Zeit als Bewährung und Probe für dich."

Der Präfekt ging auf den völlig überraschten Lucius zu und reichte ihm die Hand: „Sei dir immer deiner Verantwortung für deine Untergebenen und das Römische Reich bewusst. Ich gratuliere dir. Alles weitere wird Centurio Saltius mit dir besprechen." Lucius war ein etwa 30-jähriger Germane von Stamm der Chatten, er war völlig überrascht, das war eine hohe Ehre für ihn. Ablehnen konnte er nicht, das war auch ein militärischer Befehl. Saltius, sein vertrauter Befehlshaber kam ebenfalls zu ihm und gratulierte.

„Ich danke euch Herr", sagte er, dann war er entlassen. Der Sekretär und der Marktmeister wurden gerufen und über die neue Situation informiert. Beide nahmen die Neuigkeiten mit spürbarer Freude zur Kenntnis, Saltius war beliebt.

Der Praefectus verabschiedete sich: „Wir sehen uns dann in einem halben Jahr, ich bin gespannt welche Nachrichten du mir bringen wirst." Ich werde ihm nicht alles erzählen, nur was seine erlauchten Ohren hören dürfen, dachte Saltius. „Lucius, morgen früh sollen alle Legionssoldaten auf dem Exerzierplatz antreten, bereite das vor. Ich will die neue Situation allgemein bekannt machen, du siehst ja, wenn ich komme."

Auf dem Weg zu seinem Heim gingen ihm noch einmal die letzten Ereignisse durch den Kopf. Er hatte das Kastell in guter Ordnung seinem Nachfolger übergeben, nun stürzte er sich noch einmal in diese Arbeit. Noch fühlte er sich der Aufgabe gewachsen, nur die Verwaltung des Gutes musste er neu organisieren, Herdis wird mir dabei helfen, dachte er. Sie empfing ihn im Haus und er musste genau berichten, wie der Tag abgelaufen war. „Ich habe Angst um dich", sagte sie und schmiegte sich eng an ihn. „Brauchst du nicht, ich kenne das Handwerk", antwortete er und dachte, die Zärtlichkeiten heben wir uns für später auf unserem Lager auf.

Am nächsten Morgen war Saltius gleich nach dem Frühstück im Kastell. Als er aus seinen Räumen kam war die ganze Centurie mit 180 Mann schon angetreten. Lucius hatte angeordnet, dass alle voll ausgerüstet und in tadelloser Kleidung erscheinen sollten, auch die Unterführer.

Und so bot sich Saltius von seinem Podest ein erfreuliches Bild. Die Mannschaft bestand zum größeren

Teil aus erfahrenen Legionären, nur etwa 50 junge Männer waren Rekruten und erst seit wenigen Monaten im Kastell. Bei der Kleidung und den Waffen würde er aber mit den Unterführern zusammen noch einmal genauer hinsehen müssen, um kleine Nachlässigkeiten auszumerzen.

Er begann: „Männer der dritten Kohorte, euer Kastell ist ohne Befehlshaber. Der Centurio Marcellus ist bei einem Ausritt tödlich verunglückt. Der Praefectus hat mich zum Nachfolger bestimmt, bis ein neuer Centurio bereitsteht. Die meisten von euch kennen mich und wissen, dass ich keine Nachlässigkeiten geduldet habe, das wird so bleiben. Tut eure Pflicht wie sie von den Unterführern verlangt wird, dann werden wir gut miteinander auskommen.

Noch ein Wort zu den Grenzstämmen, den Chatten. Sie werden von fremden Völkern bedrängt und wir wollen ihnen helfen ihre Heimat zu behalten. Auch eure Heimat wird bedrängt, die Fremdlinge wollen hier Reichtümer erbeuten. Wir müssen äußerst wachsam sein und jeden Versuch in unser Gebiet einzudringen entschlossen abwehren.

Ihr wisst, dass wir mit den Chatten am Limes ein freundschaftliches Verhältnis haben, das muss so bleiben. Nur gemeinsam sind wir in der Lage, die Fremden abzuwehren."

Dann gab er den Befehl an Lucius: „Centurie wegtreten." Aber hier hatte sich der Decurio noch etwas Besonderes einfallen lassen. Ein altgedienter Soldat trat vor: „Wir freuen uns, dass du wieder in unserer Mitte bist, und heißen dich willkommen, Herr", die ganze Truppe reckte die Faust hoch und rief; „Salve Centurio!" Saltius dankte freundlich.

14
WANDURS BRUDER

Faustus, sein Hofwächter stand am Rand des Exerzierplatzes: „Herr, du hast Besuch bekommen." „Wer ist da?" „Zwei Germanen mit mehreren Pferden, einer davon ist dein Freund Yako."

Dann will ich mich auf den Weg machen, dachte er. Nachdem er seinen Sekretär und den Decurio Lucius informiert hatte, ließ er sich sein Pferd bringen und ritt mit Faustus zu seinem Landgut.

Dort gab es einen freundschaftlichen Empfang von Yako und Wandur. Frau Herdis hatte die beiden Besucher schon in Empfang genommen und bewirtet. Die Freude auf beiden Seiten war groß. Zwischen den Chatten aus Schwarzfeld und Saltius war eine echte Männerfreundschaft entstanden, welche sich in vielen Situationen bewährt hatte.

„Was hat die Untersuchung über den Tod von Marcellus ergeben?", war Yakos erste Frage. „Es war ein Unfall, mehr war nicht zu ermitteln. Er ist vom Pferd gestürzt und ertrunken. Das Pferd ist allein zum Kastell zurückgekommen", mehr konnte Saltius dazu nicht sagen, wie wir schon wissen. Er sah Yako an und nickte vielsagend mit dem Kopf.

„Wie sieht es in Schwarzfeld aus?" Yako löste sich in Gedanken von dem Thema Marcellus: „Sehr gut, die beiden jungen Paare haben ja noch Schonzeit und sollen ihre Freiheit auch genießen. Sie haben Schlimmes hinter sich gebracht, besonders Gernot und Gerda. Aber entscheiden müssen sie sich schon, Schwarzfeld oder der Rhenus, Bauer oder Fischer. Ich werde sie nicht drängen. Wir hören, du bist wieder Befehlshaber geworden?"

„Ja das ist richtig, Herdis hat mich noch einmal losgelassen, aber zum letzten Mal! Der Befehlshaber unserer Kohorte war hier, eine seltene Ehre. Ich hoffe er kommt nicht wegen Herdis. Ich werde meinen Nachfolger einarbeiten und mich dann endgültig verabschieden."

„Wer soll dein Nachfolger werden?" „Das wird der Decurio Lucius, ein Mann aus dem Mannschaftsstand, der mir schon früher durch sein überlegtes Handeln aufgefallen ist. Ich war froh, dass der Praefectus meinem Vorschlag zugestimmt hat, keinen Römer zu nehmen. Auf diese Weise hoffe ich auf ein besseres Verhältnis zu den Grenzbewohnern als unter Marcellus."

Wandur sagte: „Wir wünschen dir Glück als Befehlshaber, unser gutes Verhältnis wird sich nicht ändern, außer du raubst unsere Frauen und nimmst uns die Ernte." Allgemeines Gelächter. „Ich brauche eure Hilfe, wir müssen die fremden Völker beobachten und von unserem Gebiet fernhalten."

„Bis jetzt kommen nur kleinere Gruppen, aber von den Markomannen haben wir gehört, dass große Scharen folgen", berichtete Yako. „Ich werde mit zuverlässigen

Männern den Bereich vor unserem Kastell auskundschaften, damit ich meinem Befehlshaber rechtzeitig Meldung machen kann. Es wäre nützlich, wenn ein Mann aus eurem Dorf mitkommen würde." „Wie lange wird das Unternehmen dauern?", fragte Yako. „Mindestens zehn Tage." „Ich werde sehen wer geeignet und dazu bereit ist." Saltius nickte zufrieden.

Herdis brachte roten Wein und aus dem ernsten Thema wurde eine fröhliche Unterhaltung und eine Erneuerung der Freundschaft.

„Gernot hat uns von einem Gehilfen des Fischers erzählt, der einen Bruder mit Namen Wandur hat, aber nicht weiß, wo der ist. Wir wollen hin reiten und sehen, ob das etwas mit mir zu tun hat", sagte Wandur. „Es wäre schön, wenn du mitkommen könntest, um noch einmal mit dem Dorfhäuptling über den Steinbruch zu reden", ergänzte Yako.

Saltius rief Faustus und schickte ihn noch einmal zum Kastell: „Richte dem Decurio Lucius aus, dass ich die nächsten drei Tage abwesend bin."

Am nächsten Nachmittag wurde an die Hütte von Svea geklopft. Anna öffnete und stand drei fremden Männern gegenüber. Schnell schlug sie die Tür wieder zu. Vorsichtig wurde wieder ein Spalt breit geöffnet und Alwin erkannte Yako und öffnete. „Das ist Gernots Vater", sagte er und ließ die Männer eintreten, „ihr bringt sicher Nachricht von Svea, seid willkommen."

Auch Saltius und Wandur wurden begrüßt. „Das ist Anna", stellte Alwin die ältere Frau vor, „sie ist eine Nachbarin und kocht für mich. Du bist der Centurio Saltius, dich kenne ich, aber wer bist du?" Er sah Wandur fragend an: „Ich bin Wandur, dein Bruder. Ich habe dich sofort erkannt, obwohl viele Jahre seit meiner Flucht verhangen sind."

Überrascht sah Alwin ihn an, dann glitt ein Lächeln über sein Gesicht: „Ja, ich erkenne dich", rief er, dann lagen die Brüder sich in den Armen. Tränen flossen über die welken Wangen, besonders Alwin ging es doch sehr nahe, Wandur war nicht nur sein Bruder, er war in der schlimmen Zeit auch Vater und Mutter für ihn gewesen.

Saltius und Yako ließen die Brüder allein, Anna zeigte ihnen den Anbau, wo sie sich für die Nacht einrichten konnten. Das gemeinsame Abendbrot wurde dann wieder aus mitgebrachten Vorräten von Saltius bestritten. Für die Besucher hatte Alwin aber einen besonderen Leckerbissen. Jeder bekam einen Aal aus dem Rauch, von Anna enthäutet und mundgerecht serviert.

Anschließend kam man wieder auf Wandur und Alwin zu sprechen. „Ein Glücksfall, dass wir uns gefunden haben", war die einhellige Meinung. Keiner der Beiden hätte damit gerechnet seinen Bruder noch einmal wiederzusehen. Wandur machte Alwin ein Angebot: „Du kannst zu mir nach Schwarzfeld kommen, auf meinem Bauernhof ist Platz für dich und es gibt immer etwas zu tun. Meine Gefährtin Nelda und Tochter Herlind werden dich willkommen heißen."

„Das ist für mich nicht schwer zu entscheiden. Annas kranker Mann ist gestorben und sie ist zu mir gekommen, sorgt für unser Essen, das Vieh und das Haus. Solange Svea und Gernot nicht zurückkommen, können wir hier in der Fischerhütte leben. Wenn beide wieder hierbleiben wollen, ziehen wir in Annas Hütte. Ich bin jetzt schon alt geworden mit dem Beruf des Fischers, noch einmal umlernen als Bauer möchte ich nicht, ich bleibe hier." Er sah Anna an und die war mit seiner Antwort zufrieden.

Seine Besucher waren es auch, das war eine klare, vernünftige Entscheidung.

„Habt ihr etwas von den Helfern des Sklavenhalters und dem Steinbruch gehört", fragte Yako. „Nein, wir haben nichts gehört. Wendet euch an unseren Dorfhäuptling, der kann euch Auskunft geben."

Am nächsten Morgen machten Saltius und Yako einen Besuch bei dem Häuptling, Wandur blieb bei dem Bruder, es gab nloch so viel zu erzählen, Alwin fuhr nicht zum Fischen.

Der Häuptling fühlte sich geehrt durch den Besuch vom Kommandanten des Kastells und gab bereitwillig Auskunft. Der Steinbruch war durch die Römer geschlossen worden, die Sklaven waren frei. Sie waren jedoch in dem Steinbruch geblieben, da sie keine andere Unterkunft hatten und hofften auf eine Weiterführung der Geschäfte, um ihren Lebensunterhalt verdienen zu können.

Den Aufseher Bertram hatte der örtliche Häuptling erschlagen im Steinbruch gefunden. Wie er zu Tode gekommen war, konnte nicht mehr festgestellt werden. Seine Gehilfen waren verschwunden, sie waren vor der Rache der Versklavten und der Strafe durch die Römer geflüchtet.

„Die Schwester der Magd Gerda hat nach ihr gefragt, ich habe versprochen ihr Nachricht zu schicken, sobald ich etwas erfahre." Yako gab Auskunft: „Gerda hat einen jungen Mann aus unserem Dorf kennen gelernt, der um sie geworben hat. Sie ist seine Gefährtin geworden." „Will das junge Paar dortbleiben, oder kommen sie hierher an den Rhenus?"

„Ernal ist Erbe eines Bauernhofes bei uns im Dorf. Die Eltern wollen natürlich, dass er bleibt. Wie sie sich entscheiden, müssen wir abwarten. Gerda würde der endgültige Abschied von ihrer Heimat schwerfallen, aber das Erbe ist ein Grund in Schwarzfeld zu bleiben", antwortete Yako.

Der Häuptling erkundigte sich nach der Situation am Limes: „Wie will man der Fremden Herr werden, die in die römischen Gebiete drängen?" „Ich werde die Lage erkunden und an meinen Oberbefehlshaber berichten. In Nida muss dann entschieden werden was zu geschehen hat."

Man verabschiedete sich und auch Yako wurde noch einmal bewusst, die Lage war auch für Schwarzfeld sehr gefährlich. Wenn die Römer den Limes sperren würden, war auch sein Dorf Ziel von Angriffen der Fremdlinge.

Wandur fiel der Abschied von Alwin schwer, irgendwie war dieser immer noch der kleine Bruder, für den er sorgen musste. „Falls du es dir noch anders überlegst, du kannst immer zu mir kommen. Im Gut von Saltius wirst du den Weg erfahren." Alwin dankte und die Brüder verabschiedeten sich.

Yako versprach Saltius einen Mann aus Schwarzfeld in das Kastell zu schicken, der an der Erkundung teilnehmen sollte.

Saltius stellte einen Passierschein aus, mit dem sie sicher durch den Limes und wieder nach Schwarzfeld kamen.

15
AUF ERKUNDUNG

Für den Centurio kamen arbeitsreiche Stunden. Er musste eine leistungsfähige Truppe zusammenstellen, die klein und beweglich sein musste. Die Bewaffnung sollte leicht, aber zweckmäßig sein. Er besprach Einzelheiten mit Lucius, der die Vorbereitungen überwachte.

„Ich möchte mit einem Trupp von zehn Legionssoldaten die Erkundung durchführen. Suche bewährte und leistungsfähige Leute aus, alle sollen beritten sein. Dazu musst du mir einen Unteroffizier aussuchen, einen Chatten aus Schwarzfeld schickt Freund Yako zu mir."

„Wie soll die Bewaffnung sein?" „Wir verzichten auf Schilde und Langspeere, sonst wie üblich. Zwei Packpferde für Proviant und ein Zelt für mich brauchen wir auch. Wann bist du fertig mit den Vorbereitungen?" „In zwei Tagen in der Frühe kannst du abreiten, Herr." „Ich übertrage dir für die Zeit meiner Abwesenheit den Befehl und die Verantwortung über das Kastell.

Beschäftige die Soldaten mit Waffenübungen und mache Kontrollmärsche an der Grenze zu den Wachtürmen."

„Wie lange wirst du unterwegs sein, Herr?" „Ich werde im großen Bogen in das Gebiet der Chatten reiten und am Limes entlang zurückkommen, das wird zehn bis zwölf Tage dauern. Falls ich bis dahin nicht zurück bin, schicke Späher aus und berichte dem Praefectus in Nida." Das war der Plan von Saltius, hätte er gewusst, wie seine Erkundung ausgehen würde, wäre das sicher ein ganz anderer Plan geworden.

Am nächsten Tag kam der versprochene Mann aus Schwarzfeld. Es war Hordula der Sohn von Helmfried dem Schmied. Er war etwa gleichaltrig wie Yako und hatte sich freiwillig für die Unternehmung gemeldet.

Saltius begrüßte ihn und erklärte ihm seine Aufgabe. „Du sollst bei Streitfällen Vermittler sein und deinen Stammesgenossen unsere friedliche Absicht vermitteln. Wir wollen sie und uns vor den neuen Fremdlingen schützen. Ich werde über das Ergebnis unserer Erkundung meinem Oberkommando berichten, welches weitere Maßnahmen einleiten muss."

„Ich habe ein Pferd von Yako bekommen und bin mit Schwert und Kurzspeer bewaffnet. Du hast schon viel für unser Dorf getan und wir wollen dich bei deiner Erkundung nicht im Stich lassen."

„Der Fischer Alwin ist mein Bruder", Gerda und Svea hörten eine erstaunliche Neuigkeit bei Wandurs und Yakos Rückkehr.

„Er will aber am Rhenus als Fischer bleiben, Anna ist zu ihm gezogen, da ihr Mann gestorben ist." Svea war sehr nachdenklich. Sie hatte die Entscheidung über ihren zukünftigen Verbleib in den letzten Tagen immer vor sich hergeschoben.

Alles sprach dafür hier in Schwarzfeld zu bleiben, hier hatte sie eine gesicherte Zukunft auf einem großen Bauernhof, dessen Erbe ihr Gefährte antreten konnte. Am Rhenus war ihr Leben vom täglichen Fischfang abhängig, der mühsam genug war.

Trotzdem war sie noch nicht bereit, die Heimat aufzugeben. Den großen Strom vor ihrer Kate würde sie in Schwarzfeld jeden Tag vermissen. Gernot würde auch mit ihr zurückgehen, das wusste sie, aber würde es ihm am Rhenus nicht ebenso ergehen wie ihr jetzt in Schwarzfeld? Eine Entscheidung musste her, so oder so.

Gerda erging es ähnlich, auch sie vermisste ihre heimatliche Umgebung. Ihr Gefährte war in Schwarzfeld ebenfalls Erbe eines großen Bauernhofs. Sie hatte in ihrem Dorf kein Eigentum, im Gegensatz zu Svea, die wenigstens eine Kate, einen Einbaum und eine Aake mit Fischfanggerät ihr Eigentum nannte. Für Gerda war die Entscheidung zwangsläufig, sich zusammen mit Ernal in Schwarzfeld ein neues Leben aufzubauen. Sie wollte mit ihm sprechen und dann eine gemeinsame Entscheidung treffen.

Wandur hatte seiner Gefährtin Nelda von seinem Bruder berichtet. „Kann er denn sein Leben dort allein meistern?", hatte sie gefragt. „Ich hoffe es, er hat immer noch die Möglichkeit sich für Schwarzfeld zu entscheiden und hier bei uns zu leben." Mit großer Anteilnahme hatte sie seiner Schilderung über ihr Schicksal zugehört. „Gut, dass er jetzt jemand hat, der ihm den Haushalt führt und bei der Arbeit unterstützt."

Die Gedanken von Yako gingen in eine ganz andere Richtung. Seine große Sorge galt den Fremdlingen, die an ihre Grenzen drängten. Saltius wollte am Ende seiner Erkundung nach Schwarzfeld kommen und ihm über die

Situation berichten. Darauf war er sehr gespannt, denn er wusste, es konnte schlimme Folgen für ihr Dorf haben.

Saltius nahm Hordula als Gast mit auf sein Gut und am festgesetzten Tag ritten sie in der Morgendämmerung zum Kastell. Er hielt seiner angetretenen Truppe eine kurze Ansprache, bestimmte ihr Tagesziel und der Decurio gab den Befehl zum Abmarsch.

Sie ritten zunächst drei Stunden in Richtung Mittagssonne am Limes entlang und machten dann an einem Bach eine Rast, um den Pferden eine Ruhepause zu gönnen. Weiter ging es ins Landesinnere, man entfernte sich vom Limes. Nach etwa 15 Meilen kam der als Vorhut reitende Legionär Irvin zurückgeritten: „Vor uns befindet sich ein größeres Dorf, Herr, bis jetzt hat uns noch niemand bemerkt."

Saltius rief Hordula zu sich: „Reite mit Irvin zum Dorf, sage dem Häuptling, dass wir in friedlicher Absicht kommen und ich ihn sprechen möchte. Der Legionär soll vor dem Dorf warten und mir eine Nachricht bringen."

Hordula kannte das Dorf nicht und ritt mit gemischten Gefühlen los. Am Dorfeingang kamen ihnen mit Geschrei einige Jugendliche entgegen, die drohend ihre Speere auf sie richteten. „Ich bin von eurem Stamm und habe eine Botschaft für euren Häuptling, führt mich zu ihm", sagte er im Befehlston.

Die Jünglinge berieten sich: „Der Römer kommt hier nicht rein, wir werden ihn fesseln und dort an den Baum binden." „Nein, wir kommen in friedlicher Absicht, holt erst die Erlaubnis bei eurem Häuptling." „Dann gib du uns deine Waffen und das Pferd", forderte der Anführer der Jungen. „Das gebe ich bei eurem Häuptling ab, führt mich jetzt ihm, es ist wichtig, sonst bekommt ihr seinen Zorn zu spüren", drohte Hordula.

Das wirkte, zwei Jungen nahmen sein Pferd am Zügel und führten es ins Dorf. Zwei weitere blieben bei Irvin, der abgestiegen war und sein Pferd an einen Baum gebunden hatte. Hordula sprach seine Bewacher in ihrer Sprache an: „Ich bin Chatte wie ihr und begleite die Römer der XXII. Legion auf ihrem Erkundungsritt. Unser Befehlshaber, welcher mit eurem Häuptling sprechen will, ist der Centurio von dem nördlich gelegenen Kastell." „Was will er denn hier?" „Das muss er eurem Häuptling selbst sagen, mir hat er es nicht gesagt."

Er war mit seinen beiden Begleitern bei einem großen Bauernhof angelangt: „Steig ab und warte hier, wir fragen den Häuptling, ob er mit dir sprechen will." Nach kurzer Zeit kam ein stattlicher Mann aus dem Haus: „Wer bist du und was willst du in unserem Dorf?" Der Häuptling forderte ihn auf seine Waffen abzulegen und ließ sein Pferd im Hof anbinden. „Ich bin Hordula, vom Stamm der Chatten aus dem Dorf Schwarzfeld und bringe dir von meinem Herrn eine Botschaft." „Wer ist dein Herr?" „Es ist Saltius der Centurio von dem gegen Sonnenuntergang gelegenen Kastell. Er möchte mit dir sprechen in einer wichtigen Angelegenheit." „Wo ist er jetzt, sind Legionssoldaten bei ihm?"

„Ja, zehn berittene Legionäre begleiten ihn. Er wartet vor dem Dorf auf deine Antwort."

„Führe den Centurio hierher, er soll allein kommen", befahl der Häuptling einem der Jungen. Dem anderen nannte er drei Namen von Männern, welche bewaffnet sofort zu ihm kommen sollten. Der Centurio kam bewaffnet und an seiner Kleidung als römischer Offizier zu erkennen. Die drei Krieger aus dem Dorf richteten ihre Speere auf ihn.

125

Der Häuptling hielt sie zurück: „Wir haben keinen Besuch von Römern erwartet, was willst du in unserem Dorf?", für den Häuptling war jeder Römer ein Feind.

„Häuptling. Ich danke dir, dass du mich willkommen heißt, ich komme in friedlicher Absicht und möchte etwas mit dir besprechen", Saltius antwortete bewusst freundlich, Hochmut hätte hier keinen Erfolg gebracht, soweit kannte er die stolzen Grenzbewohner.

Der Häuptling schickte zwei der Männer in Richtung der Römer: „Lasst keinen ins Dorf, ehe ihr nicht Nachricht von mir habt. Holt euch Verstärkung, dort sind zehn Legionäre." Dann bat er Saltius und Hordula in das Haus. Es kam selten vor, dass der Befehlshaber eines Kastells den Häuptling eines Bauerndorfes besuchte. Entweder birgt es eine Gefahr, oder es ist eine große Ehre. In jedem Fall muss es etwas Wichtiges sein was der Herr Offizier mit mir besprechen will, dachte der Häuptling.

Irvin, der Späher der Truppe wurde ebenfalls zum Haus des Häuptlings gebracht. Er legte seine Waffen ab und setzte sich auf die Stufe vor dem Hauseingang. Zwei Männer standen als Wache und zur Sicherheit des Häuptlings vor dem Haus.

Eine Anzahl Dorfbewohner hatte sich inzwischen dort versammelt, Schimpfworte gegen die Römer fielen, bis der Häuptling vor dir Tür trat: „Geht nach Hause und zu eurer Arbeit, ich bespreche mit dem Römer wichtige Dinge. Heute Abend werde ich euch mitteilen was wir besprochen und beschlossen haben."

Murrend folgten die Dorfbewohner den Worten des Häuptlings. Einige Mädchen kamen jedoch bald wieder zurück und suchten das Gespräch mit dem jungen schwarzhaarigen Irvin. Seine schwarzen Haare waren für die blonden oder rothaarigen Dorfschönheiten ein besonderer Anziehungspunkt.

Eine etwa Fünfzehnjährige drängte sich vor: „Ich bin Uta, der Häuptling Volkward ist mein Vater. Wie heißt du und wo kommst du her?" „Ich heiße Irvin und komme aus dem Kastell." „Aber wo ist deine Heimat, solche schönen schwarzen Haare hat kein Chatte?"

Irvin lachte: „Meine Heimat liegt in Gallien, das ist viele Meilen von hier entfernt." Die weibliche Neugierde war noch nicht befriedigt: „Und wie kommst du hierher, so weit weg von deiner Heimat?" „Du bist ganz schön neugierig." „Du gefällst mir, bitte verrate es mir."

Da konnte der Legionär nicht widerstehen. Zuerst wollte er eine Gegenleistung von Uta fordern, aber du musst einmal mit mir schmusen, dann überlegte er, das gibt Ärger mit dem Centurio und mit ihrem Vater und sagte: „Mein Vater war schon in römischen Diensten und wurde nach Germanien versetzt. Dort verpflichtete ich mich dann auch zum Militärdienst in der XXII. Legion."

Uta seufzte, sie hatte sich inzwischen ebenfalls auf die Stufe gesetzt und war noch ein Stück näher an ihn herangerückt. Die beiden Wachposten waren abgelenkt, sie begutachteten Irvins Ausrüstung und das Pferd: „Kannst du mich mitnehmen?" Die übrigen Mädchen kicherten, er lachte: „Nein, das geht nicht, der Centurio erlaubt es nicht und dein Vater würde mich umbringen." Sie gab noch nicht auf: „Ich könnte für dich kochen und die Uniform waschen." „Uta, sei vernünftig, wir haben auch kein Pferd für dich", vielleicht ließ sie dieses praktische Argument gelten. Nein, ließ sie nicht: „Ich könnte hinter dir auf deinem Pferd sitzen."

Der Gedanke war verlockend, jedoch unerfüllbar. Er sah sie an, ein solches Erlebnis hatte er bei einem

Erkundungsritt nicht erwartet. Uta sagte mit weiblicher List: „Du willst mich nicht, ich bin enttäuscht. Gib mir wenigstens ein Andenken." Jetzt war er am Zug, eine solche Bitte konnte er nicht abschlagen.

„Was du sagst ist nicht richtig. Ein Andenken sollst du haben, mehr ist hier nicht möglich." Schritte und Stimmen wurden laut und schnell, wie der Wind war sie mit den anderen Mädchen um die Hausecke verschwunden. Dem Zorn ihres Vaters wollte sie sich nicht aussetzen.

In dem Langhaus hatte der Centurio Häuptling Volkward die Gründe für seinen Erkundungsritt erklärt und für den Notfall die Hilfe der Legionäre aus dem Kastell zugesagt. In diesem Fall konnten die Römer sehr wohl Freunde und Unterstützer sein. Saltius fragte: „Sind Fremdlinge hier aufgetaucht?" „Wir haben zwei Familien mit Alten und Kindern am Rande des Dorfes Land gegeben und erlaubt, dass sie dort siedeln. Größere Trupps sind hier noch nicht gewesen."

Decurio Gaius war unruhig geworden und mit drei Legionären in das Dorf geritten, um nach dem Centurio zu sehen. Der von den Mädchen umworbene Irvin wurde aus seinen Träumen gerissen und gab eine beruhigende Auskunft. Der Häuptling erlaubte den Römern auf seinem Hof zu übernachten. Die restlichen Soldaten wurden geholt und bereiteten ihr Lager für die Nacht vor. Oje, dachte Irvin, hoffentlich kommt Uta nicht auf dumme Gedanken und will mich heute Nacht besuchen. Er konnte aber unbesorgt sein, ihr Vater hatte von dem vertrauten Gespräch mit dem Legionär erfahren und sie trotz ihres Protestgeschreis im Haus eingesperrt.

Saltius hatte für Hordula einen Auftrag. Er konnte lateinisch sprechen und auch in der Sprache der Römer schreiben: „Ich möchte, dass du für mich Protokoll führst und das Ergebnis unserer Erkundung aufschreibst. Lass dir vom Decurio Pergament und Schreibstifte geben und notiere alles was wir in den Dörfern über die Fremdlinge erfahren. Frage nach den Namen der Dörfer und schreibe sie auf."

Das war eine verantwortungsvolle, aber auch notwendige Aufgabe und Hordula machte sich sofort an die ungewohnte Arbeit. Bei unbekannten Worten konnte er den Decurio fragen, der gerne Auskunft gab.

Volkward ließ ein Feuer im Hof entzünden und die Legionäre bauten das Zelt des Centurios auf. Das Angebot im Haus zu übernachten lehnte er höflich ab: „Ich habe mit den Soldaten noch einiges zu besprechen und danke dir. Ein Zelt wird für mich aufgebaut. Für unser Essen ist auch gesorgt, wir haben Vorräte mitgenommen."

Volkward ließ einen der Fremdlinge kommen dem Saltius Fragen stellen konnte. Vor allem wollte er wissen, ob größere Gruppen unterwegs in Richtung Limes wären. Der Fremde ein junger Mann, welcher die Sprache der Chatten kannte, antwortete: „Wir haben viele Familien auf der Flucht gesehen, aber keine größeren Gruppen. Alle wollten in das Gebiet der Römer, Herr, wussten aber nicht, wo das lag und ob sie willkommen wären. Wir als einzelne Familie wollen keinen Streit oder Kampf, wir suchen nur eine neue Heimat. Wenn ganze Stämme oder größere Dörfer kommen, werden sie auch kämpfend versuchen ihr Ziel zu erreichen."

Saltius war erstaunt über die treffende Beschreibung der Situation und bedankte sich. „Wir leiden große Not, Herr", sagte der Fremde, „kannst du uns Saatgut und Mehl geben, unsere Kinder hungern." Das konnte Saltius nicht, die mitgebrachten Vorräte wurden für die Erkundung benötigt.

Er sprach mit dem Häuptling, der bereit war den Fremden die benötigten Nahrungsmittel und Saatgut zu verkaufen. Er nannte einen Preis von einem Goldstück den Saltius ihm bezahlte. In Gegenwart des Fremden einigte man sich über die dafür zu liefernden Mengen. Saltius warf einen Blick auf sein abgerissenes Äußeres und gab dem Häuptling ein weiteres Goldstück für neue Kleidung. Der wollte diese beschaffen und an die Flüchtlinge verteilen. Der Fremde bedankte sich für die großzügige Spende und wünschte den Segen der Götter für ihn.

Saltius dachte, das kann ich mir nicht bei jedem Flüchtling leisten, da ist meine Kasse bald leer.

Die Pferde wurden versorgt und die Männer setzten sich zusammen zu ihrer Abendmahlzeit. Es gab Hafergrütze mit Fladenbrot und dazu als gesundes Getränk Wasser aus dem Hofbrunnen. Saltius saß im Kreis seiner Männer, er wusste, wie wichtig das für die Stimmung in seiner Truppe war.

Mit dem Decurio Gaius besprach er das nächst Tagesziel. Zunächst wollte er noch 10 Meilen ihrer Richtung ins Landesinnere folgen und dann noch Norden schwenken. Ihr Weg würde dann etwa entlang der Grenze des Chattengebietes mit den Hermunduren und Markomannen führen. Gaius machte den Vorschlag zwei Späher weiter vorauszuschicken, einer konnte dann zurückkommen, wenn eine Meldung gemacht werden musste. Saltius stimmte zu: „Bestimme noch einen Reiter, der mit Irvin zusammen vorausreitet."

Der hatte sein Problem noch nicht gelöst, das Andenken für Uta. Doch das hatte sie bereits getan, wie er bald merken sollte. Ein Junge kam zu ihm und flüsterte ihm ins Ohr: „Du sollst zum Häuptling kommen."

Verblüfft stand er auf und sah zu seinem Befehlshaber. Der war in sein Gespräch mit Gaius vertieft und hatte nichts bemerkt.

Er folgte dem Jungen, der ihn um das Langhaus herum winkte und dort auf ihn wartete. Kaum war er bei ihm angekommen riss sich dieser die Kappe vom Kopf, ein üppiger Blondschopf kam zum Vorschein, sprang ihm entgegen und umklammerte ihn.

Erschrocken erkannte er, es war Uta. „Wenn dein Vater oder der Centurio uns sieht, werde ich streng bestraft." „Hier sieht uns niemand", sagte sie und zog ihn tiefer in eine dunkle Ecke, „ich bin so glücklich, dass du bei mir bist." „Ich habe aber kein Andenken für dich", doch das war ein Irrtum. Du kleiner Kobold, jetzt hast du mich aber überrascht, dachte er und erwiderte ihre stürmischen Liebkosungen. „Es wäre so schön, wenn du bei mir bleiben oder mich mit nehmen würdest." Sie hatte noch nicht aufgegeben. „Das geht aber nicht, du musst es einsehen", er versuchte ihre feurigen Annäherungen zu bremsen, aber das war wie ein vergeblicher Kampf gegen den Sturmwind.

Als er nach einiger Zeit zurück zum Feuer kam, fehlte ihm von seinem hinten am Kopf zusammengebundenen Haarschopf ein handbreites Stück. Keiner in der Runde bemerkte es. Man war der Meinung, dass er während seiner Abwesenheit einem menschlichen Bedürfnis folgen musste. „Ja, nach solch einem üppigen Essen…", spotteten seine Mitstreiter über ihn.

Hordula war mit seinem Auftrag beschäftigt. Er hatte einen Schreibblock über die Knie gelegt und schrieb am Feuer seinen Bericht über ihre erste Erkundung in einem Chattendorf:

1. Tag Dorf Hermolda
Häuptling Volkward. Das Dorf liegt vom Kastell 12 Meilen
Richtung Mittagssonne und 15 Meilen Richtung aufgehende Sonne.
Hat etwa 10 Gehöfte.
Keine größeren Gruppen Fremdlinge. Zwei Familien hat der
Häuptling Land gegeben, sie haben sich hier angesiedelt. Der
Centurio hat für sie Vorräte gekauft, da sie nichts haben und
Hunger leiden.

Dann wollte er noch schreiben: Irvin hat eine Liebschaft mit Uta, der Tochter des Häuptlings, aber das war nicht seine ernsthafte Absicht, der Centurio sollte zufrieden mit ihm sein.

Am nächsten Morgen war Aufbruch bei Sonnenaufgang. Uta stand vor dem Langhaus und suchte ihren Liebsten unter den Reitern. Aber der war von Gaius zusammen mit dem Legionär Hergen als Vorhut vorausgeschickt worden und bereits unterwegs. Sie ging an Hordulas Pferd, bevor sie fragen konnte, sagte dieser: „Er musste als Vorhut schon früher abreiten, ich werde ihn von dir grüßen."

Der Centurio dankte dem Häuptling für seine Unterstützung und verabredete, dass er Nachrichten über Fremdlinge im Kastell melden sollte.

Irvin und Hergen hatten den Auftrag etwa eine Meile vor der Truppe zu erkunden. Nach zwei Stunden Ritt im Schritt sollten sie anhalten und auf die Truppe mit dem Centurio warten. Bei Kontakten mit Chatten oder Fremdlingen sollte einer der beiden Späher zurückkommen und berichten.

Nach der Mittagspause kam dann Hergen zurück und berichtete über ein Dorf, dem sie sich näherten. Der Centurio schickte wieder Hordula vor mit dem Auftrag sie zusammen mit Irvin bei dem Dorfhäuptling anzumelden.

Er kam aber nicht zurück, sondern eine Anzahl Chatten kam mit Waffen auf die Römer zugestürmt und kreisten sie ein. Der Centurio hielt seine Männer zurück und fragte nach dem Dorfhäuptling.

Ein junger Mann trat vor: „Der bin ich, was willst du hier, Römer?" Saltius erklärte den Grund ihres Kommens. „Hier sind keine Fremdlinge und in unser Dorf kommt ihr nicht hinein. Verschwindet, sonst hängen eure Köpfe bald an unserem Altar in den Bäumen."

Saltius beriet sich mit Gaius, dann forderte er den Häuptling auf Irvin und Hordula zurückzuschicken. „Die kommen nicht zu euch zurück, die opfern wir unseren Göttern", war die Antwort.

„Jetzt müssen wir schnell handeln, Gaius, drei Legionäre folgen mir. Mit dem Rest musst du die Chatten abwehren. Ich werde den Häuptling und einen seiner Männer als Geisel gefangen nehmen", war der Befehl von Saltius.

Er ritt mit zwei seiner Männer auf den Häuptling zu, riss ihn zu Boden und schlug ihm mit der flachen Seite seines Schwertes auf den Schädel, bewusstlos blieb er liegen. Die beiden anderen Legionäre hatten inzwischen einen weiteren Chatten überwunden, und fesselten diesen und den Häuptling.

Das alles ging so schnell, dass die Chatten erst angriffen als ihre beiden Mitstreiter bereits überwältigt waren. Gaius bildete mit seinen Soldaten einen Kreis um die Gefangenen und den Centurio. Ein schwacher Ansturm der Chatten wurde abgewiesen. Lucius hat tüchtige Leute für meine Erkundung ausgesucht, dachte Saltius.

Er sagte mit herrischer Stimme zu dem erwachten Häuptling: „Bringt sofort unsere Späher zurück, sonst ergeht es euch schlecht." Um seiner Forderung Nachdruck zu verleihen ließ er die Schlinge um den Hals des Häuptlings mit einem Ruck enger ziehen.

Gaius rief einen Germanen in ihre Mitte: „Der Häuptling will dir etwas sagen." Er lockerte die Schlinge: „Geh ins Dorf, die sollen die beiden stinkenden Römer freilassen", sagte der mit krächzender Stimme. „Aber mit Pferden und ihren Waffen", „Ja mit Pferden und Waffen." Gaius zog ihm einen kräftigen Stockhieb über: „Das ist für die stinkenden Römer."

Gaius befahl zwei Legionären den Germanen zum Dorf zu begleiten: „Aber bleibt auf euren Pferden, dann können sie euch nicht so leicht überrumpeln. Die sollen Hordula und Irvin freilassen."

Kurze Zeit später kamen sie mit den beiden zurück. Die sahen ziemlich mitgenommen aus. Hordula hatte eine blutende Wunde auf der Stirn., die sich über ein Auge hinweg zog und Irvin war wohl mit Schlägen traktiert worden, er hatte Beulen und blaue Flecken im Gesicht. Wichtig war, sie saßen auf ihren Pferden und hatten die Waffen zurückbekommen.

Saltius versuchte es noch einmal mit dem Häuptling ins Gespräch zu kommen, aber vergebens. Als sie ihn von seinen Fesseln befreit hatten, rafften er und sein Mitgefangener ihre Waffen zusammen, rannten in Richtung Dorf und winkten den übrigen Chatten ihnen zu folgen.

„Zeit von hier zu verschwinden", sagte Saltius zu Gaius, „kümmert euch aber um die Verletzungen der beiden, berichten können sie mir später." Sie ritten etwa zwei Meilen zurück und schlugen dann einen großen Bogen um das Dorf zurück auf ihre ursprüngliche Route.

Bei ihrer abendlichen Rast auf einer Waldlichtung befragte der Centurio Irvin und Hordula: „Die haben uns in das Dorf geführt und als wir vor einem Langhaus abgestiegen waren sind sie über uns hergefallen und haben uns an einen Baum gebunden. Als wir uns wehrten haben wir Schläge bekommen, aber keine ernsthaften Verletzungen", berichtete Hordula.

„Wir werden hier kein Feuer machen und Wachen aufstellen. Morgen in aller Frühe ziehen wir weiter. Dieser Tag hat uns gezeigt, dass nicht alles glatt ablaufen muss", sagte der Centurio.

Der Eintrag von Hordula über ihren zweiten Tag war knapp und gar nicht freundschaftlich in Bezug auf die hier lebenden Chatten. Den Namen des Dorfes notierte er, es hieß Kalpa.

Der nächste Tag verlief so wie der erste in dem Dorf Hermolda. Auch in diesem Dorf hatte es keine größeren Ankünfte von Fremdlingen gegeben, obwohl es Gerüchte gab, dass diese sich näherten. Der Dorfhäuptling hatte keine Tochter in passendem Alter, sodass Irvin einen ruhigen Aufenthalt verbrachte.

Nach seinem Plan war der Centurio jetzt fast an dem nördlichsten Punkt seiner Erkundung angelangt und er gedachte umzukehren und über Schwarzfeld zurück zum Kastell zu reiten. Nach einem Ritt von etwa 15 Meilen erreichten sie einen Rastplatz an einem Bach, geeignet die Pferde zu tränken und weiden zu lassen. Die Späher kamen zurück und meldeten einzelne Bewaffnete, welche zu Fuß unterwegs waren, aber Kontakt zu ihnen vermieden hätten. Gaius stellte Wachposten auf.

Nach einer ausgedehnten Rast von zwei Stunden kam der Befehl zum Aufbruch. Die Späher wurden wie gehabt vorausgeschickt, die Truppe mit dem Centurio folgte.

Zwei Stunden waren sie dem Pfad durch den Wald im Schritt gefolgt, als Hergen auf dem Pferd im Galopp zurückkam:

„Alarm, wir sind überfallen worden", rief er. „Folgt mir", kam der Befehl von dem Centurio und die Truppe näherte sich dem Ort des Überfalls: „Wo ist Irvin?", fragte er den Späher. „Ich habe die ersten Angreifer abgewehrt und bin schnellstens zurückgeritten, um euch zu warnen, Herr. Ich habe noch gesehen, dass Irvin ebenfalls Angreifer abwehrte, ihn dann aber aus den Augen verloren." „Du hast richtig gehandelt", beruhigte Saltius den erregten Hergen.

Vor ihnen wurde eine Gruppe von Fremdlingen sichtbar, die auf einen am Boden liegenden Körper einschlugen: „Wir greifen an", der Befehl des Centurios ging unter im Kampfgeschrei der beiden Parteien. Saltius verspürte einen Ruck hinter seinem Sattel, einen dröhnenden Schmerz im Kopf, dann wurde es dunkel um ihn. Die Männer aus dem Kastell hatten schnell den Kampf zu ihren Gunsten gegen die doppelte Anzahl der Fremdlinge gewonnen und die Angreifer verjagt.

Mit einem Aufschrei kniete Gaius neben dem am Boden liegenden Centurio. Einer der Fremdlinge hatte sich von einem niedrigen Ast auf dessen Pferd fallen lassen und Saltius mit einem Hieb seiner schweren Kriegskeule vom Pferd geschleudert. Der Angreifer, ein großer Kerl, war den Soldaten in den nahen Busch entwischt.

„Stellt Wachen 50 Schritt vor unserem Platz auf", befahl Gaius und zog Saltius vorsichtig den Helm vom Kopf. Mit Entsetzen erkannte er, dass die eiserne Spitze der schweren Holzkeule den Helm durchschlagen und die Schädeldecke des Befehlshabers zertrümmert hatte. Kein Zweifel, der

Centurio war tot. Gaius sank verzweifelt über dem allseits beliebten Befehlshaber zusammen.

Er befahl Hordula zu sich: „Du reitest mit einem Begleiter nach Schwarzfeld, nehmt den Centurio mit, er ist tot. Berichte dort was geschehen ist und komme sofort mit allen Männern, die du auftreiben kannst, zurück. Wir bauen uns hier eine Barrikade und warten auf euch. So wollen wir die Fremden nicht davonkommen lassen. Kannst du morgen wieder hier sein?"

Hordula überlegte, er hatte mit dem Centurio mehrmals über ihre Route beraten: „Ja, wir werden auch nachts durchreiten." Gaius war sicher, dass die Männer aus Schwarzfeld kommen würden, Saltius war ihr bester Freund im Kastell gewesen.

Erst jetzt konnte er sich um das Schicksal Irvins kümmern. Sein Pferd hatten die Männer eingefangen, Hordula nahm es mit.

Gaius sah sich den Körper auf den die Fremdlinge eingeschlagen hatten an. Es war Irvin, ein tadelloser Soldat und beliebter Kamerad der Reiter, auch er war tot. Sein Körper war schrecklich zugerichtet und kaum noch als menschliches Wesen erkennbar. Alle waren traurig und mehr noch, sie waren voller Zorn und Uta würde vergeblich auf ihn warten.

16
DER KAMPF MIT DEN FREMDEN

Sie wickelten den Leichnam in Decken, die sie an den Enden verschnürten und gaben ihn Hordula ebenfalls mit. Abseits des Pfades begannen sie mit dem Bau einer Barrikade.

Vier der Fremdlinge hatten bei dem Überfall ihr Leben gelassen. Die Chatten unter der Truppe des Unteroffiziers folgten den Bräuchen ihrer Vorfahren. Sie schlugen den Leichnamen die Köpfe ab und steckte sie auf angespitzte dünne Baumstämme, welche man auf dem Pfad in den Boden rammte als grausige Warnung für die Fremden.

Hordula kam mit seinem Begleiter und ihrer traurigen Fracht erst in der Nacht in Schwarzfeld an. Er klopfte Yako aus dem Schlaf, schon kurz darauf ertönte das Alarmhorn und alarmierte die Männer des Walddorfes. Alle Männer erschienen.

Entsetzen bei allen und Tränen bei Ulka und Nelda als sie vom Tod Saltius hörten. „Der andere Tote ist Irvin, ein

Soldat aus dem Kastell", sagte Hordula. Nach seinem Bericht sagte Yako: „Wir müssen unseren Zorn und Trauer vergessen und sofort handeln. Wer reitet mit?"

Alle wollten mit, Wandur hatte einen Vorschlag: „Ich gehe schnellstens nach Hirsfild und alarmiere den Häuptling, er soll mit seinen Männern nachkommen." „Das ist ein guter Vorschlag, wir wissen nicht wie stark die Bande der Fremdlinge ist", sagte Yako, „Hordula du bleibst hier und zeigst Wandur später den Weg zu dem Ort des Überfalls."

Es waren fünf Kämpfer, Bauern und deren Söhne, welche sich bewaffneten und bereit machten für den Abmarsch, zusätzlich der Legionär, welcher Hordula begleitet hatte. Yakos Bruder Sanolf und Bolgurs Sohn Ernal blieben zum Schutz des Dorfes in Schwarzfeld. Alle waren beritten, da Hordulas Pferd und die Pferde von Saltius und von Irvin sowie zwei Pferde aus Schwarzfeld frei waren. Für Hordula sollte Wandur ein Pferd aus Hirsfild mitbringen.

Am Abend des folgenden Tages kamen sie bei Gaius und seinen Männern an. Es gab keine weiteren aufregenden Nachrichten, die von Gaius ausgeschickten Späher hatten jedoch festgestellt, dass die Fremdlinge noch da waren und sich offenbar sammelten zu einem Angriff auf das Römerlager.

Er hatte jetzt 14 kampfstarke Männer und damit eine beachtliche Truppe, aber bei einer größeren Zahl Angreifer, mit der zu rechnen war, würden sie nicht widerstehen können. Gaius war erfreut und erleichtert, als er hörte, dass mit weiteren Kämpfern aus Hirsfild zu rechnen war.

Der Späher Sanert kam zurück, ein junger kräftiger Germane. Er war zu Fuß, das Gesicht geschwärzt, nur mit

139

einem Dolch bewaffnet unterwegs gewesen, um die Fremdlinge auszukundschaften: „Decurio, die bereiten etwas vor, da ist Kriegsgeschrei zu hören und sie schwenken ihre Keulen und die Speere über den Köpfen", berichtete er. „Wie viele sind es?" „Ich habe etwa 40 Bewaffnete gezählt. Insgesamt mit Frauen und Kindern werden es 100 sein. Aber die haben sie mit ihren Karren weiter zurückgeschickt." „Haben sie einen Anführer?" „Ja, das ist der große Kerl, welcher den Centurio erschlagen hat. Er ist uns damals entwischt." „Gut gemacht, Sanert", sagte der Decurio.

Er schickte einen Legionär mit den Pferden zurück in den Wald: „Suche einen Platz wo die Pferde weiden können, damit sie ruhig bleiben. Binde sie so an, dass wir im Notfall schnell von hier verschwinden können. Du musst allein fertig werden, einen weiteren Mann kann ich hier nicht entbehren."

Er wusste auf diesen altgedienten Soldaten konnte er sich verlassen.

Die Entscheidung, wann sie die Fremden angreifen wollten, wurde ihnen abgenommen. Das Geschrei der Angreifer war jetzt deutlich zu hören. Damit wollen sie sich Mut machen, dachte Gaius, der seine Kämpfer zusammenrief: „Die Fremden werden unsere Barrikade angreifen. Wir werden sie verlassen und wenn sie hier sind von hinten über sie herfallen." Er teilte seine Männer in zwei Gruppen, die sich auf beiden Seiten des Pfades verstecken sollten, eine Gruppe kommandierte er, das Kommando über die andere übergab er Yako. „Wenn ihr den Häuptling fassen könnt, fesselt ihn, den möchte ich gerne lebend haben."

Sowohl die Legionssoldaten als auch die Bauern aus Schwarzfeld waren erfahrene Kämpfer, welche schon manchen feindlichen Ansturm ausgehalten hatten. Sie verstanden die Anweisungen des Decurio und wussten, dass sie nur mit dem geplanten Hinterhalt eine Chance hatten gegen die Übermacht der Fremdlinge zu bestehen.

Das Kampfgeschrei kam näher und Gaius zeigte sich hinter der Barrikade, um ihre Anwesenheit vorzutäuschen, dann verschwanden sie in Richtung auf ihr Versteck. Die Fremdlinge kamen angerannt und schwangen ihre Keulen und Speere. Vorneweg rannte der große Kerl, den Sanert als ihr Häuptling erkannt hatte.

Als sie sahen, dass sie getäuscht worden waren, steigerte sich ihr Geschrei in ein Wutgeheul. Sie scharten sich um ihren Häuptling, der in einer unverständlichen Sprache auf sie einredete. In diesem Moment erfolgte der Angriff von zwei Seiten, der sie völlig überraschte.

Bevor sie an eine gemeinsame Abwehr denken konnten, lagen schon einige von ihnen verletzt oder tot auf dem Boden. Bolgur war mit seinem doppelseitig angeschliffenen Speer unwiderstehlich. Yako und Gernot versuchten zu dem Häuptling vorzudringen, aber der war umgeben von einer dichten Schar seiner Kämpfer und unerreichbar.

Schon nach kurzer Zeit flüchteten die ersten Angreifer vor der Wut der Germanen und der Kampfstärke der Legionäre. Der Häuptling gab das Zeichen zum Rückzug. Die Fremden rannten zurück und schleppten ihre Toten und Verletzten mit. Nur zwei Verletzte ließen sie liegen, die aber die Flucht ihrer Freunde nur kurze Zeit überlebten. Dann standen ihre Köpfe auf Stangen am Pfad und blickten als grausige Warnung in Richtung der Fremden.

Gaius scharte seine Getreuen um sich, er wollte ihre eigenen Verluste erfahren. Zwei der Legionäre waren verwundet und wurden schon von ihren Kameraden versorgt. Es waren aber nur leichtere Wunden und Gaius schickte sie zu den Pferden, sie sollten den Legionär dort ablösen. Bei den Chatten aus Schwarzfeld gab es keine Verwundeten, nur leichte Kratzer, die nicht erwähnenswert waren, aber Rodulf, Yakos Vater fehlte.

Sofort schwärmten sie aus und fanden ihn hinter einem Busch mit einem tödlichen Stich in der Brust. Yako und Gernot sanken ergriffen neben ihm in die Knie, das war ein schwerer Verlust. Die Verletzung musste er bei dem Rückzug der Fremden erhalten haben.

Sie wickelten den Leichnam in Decken und Yako sagte zu Gernot: „Bringe ihn zurück nach Schwarzfeld, wir werden ihn beerdigen, sobald wir wieder dort sind." Aber da kam er bei seinem Sohn nicht an, zum ersten Mal zeigte dieser Ungehorsam gegen seinen geliebten Vater: „Nein Vater, ich bleibe hier, die Rache kommt noch und da muss ich dabei sein." Gaius schickte zu einem der verletzten Soldaten, der den Auftrag durchführen sollte. Eine Ortsbeschreibung erhielt er von Gernot: „Und sage meiner Mutter Ulka und meiner Gefährtin Svea, dass wir gesund sind und bald wieder zurück sein werden. Meine Mutter muss die schlimme Nachricht Brigga, meiner Großmutter und Gefährtin meines Großvaters überbringen."

Zunächst einmal hatte die Truppe von Gaius Ruhe, die Fremdlinge hatten nicht mit einer derartigen Gegenwehr der zahlenmäßig kleineren Truppe gerechnet und sammelten neue Kräfte. Es kamen weitere Flüchtlinge an, welche sie in ihre Mannschaft integrieren und die Römer erneut angreifen und vernichten wollten. Ihr Gedanke war, wenn hier so stark verteidigt wird, dann müssen in der Nähe Reichtümer für uns erreichbar sein.

Gaius dachte, gut, dass wir nicht gegen die Chatten aus den Walddörfern kämpfen müssen, die sind in ihrer Kampfeswut nicht zu bezwingen. Umgekehrt dachte Yako voller Achtung an die Disziplin der römischen Truppe, welche diese im Kampf gezeigt hatte.

Gaius schickte wieder den bewährten Späher Sanert in Richtung der Fremden. Den ganzen folgenden Tag geschah nichts, Gaius hatte seine Truppe in ein neues Lager zurückgezogen. Hier bauten sie auf einem Hügel wieder eine Barrikade aus Baumstämmen und einem kleinen Erdwall zur Verteidigung bei einem Angriff.

Dann kamen zur großen Erleichterung aller die Männer aus Hirsfild unter Hordulas Führung an. Sie waren dem Legionär mit Rodulfs Leichnam begegnet und in großer Sorge um die Freunde aus Schwarzfeld. Es waren insgesamt zehn kräftige Männer, unter ihnen Jodolf, Bolgurs Sohn und Yakos Freund, der in Hirsfild den Hof des Häuptlings Ermin übernommen hatte. Wandur war zum Schutz des Dorfes in Schwarzfeld geblieben.

Gaius hatte jetzt 22 Kämpfer in seiner Truppe und dachte nicht daran den Angriff der Fremden abzuwarten, sondern wollte selbst angreifen und diese wiederum überraschen. Er setzte sich mit Yako und Jodolf zusammen, um ihnen seinen Angriffsplan zu erklären: „Ich werde unsere Truppe wieder in zwei gleich starke Gruppen aufteilen. Wir werden die Fremden auf beiden Seiten halb umgehen und ich werde mit meiner Gruppe zuerst angreifen. Ich rechne damit, dass alle Fremden sich dann auf uns stürzen werden und wir zurückgehen müssen. Dann sollst du, Yako mit deiner Gruppe angreifen und die Überraschung der Feinde ausnutzen. Achtet besonders auf den Häuptling, den könnt ihr bei dieser Gelegenheit vielleicht überwältigen."

Yako sagte: „Das ist ein guter Plan, wir sollten aber den Bericht des Spähers abwarten wo sich die Fremden sammeln und was sie vorhaben." Das war notwendig, wie der Bericht zeigte.

Sanert kam atemlos zurückgerannt: „Decurio, wir müssen schnell zu den Pferden, die widerlichen Fremdlinge wollen sie rauben." Er beschrieb den Lagerplatz der Fremden und Gaius schickte ihn zurück diese weiter zu beobachten. Er erkannte die Schwachstelle in seinem Plan, die Pferde waren ohne Schutz. Er eilte mit sechs Männern zur Weidestelle. Dort kamen sie gerade noch rechtzeitig an. Etwa zwanzig Fremde banden die Pferde gerade los und wollten mit ihrer Beute verschwinden.

Wie der Sturmwind fuhren die Männer dazwischen. Das hatten die Fremden nicht erwartet, sie flüchteten nach allen Seiten. Der verwundete Legionär, der die Pferde bewachen sollte, kletterte von einem Baum herunter und meldete sich bei Gaius. „Ich habe mich auf dem Baum versteckt, allein hätte ich keine Chance gegen die Fremden gehabt." Gaius lobte ihn, wenn er Widerstand geleistet hätte, dann hätte er einen Mann verloren, den er im Moment nicht ersetzen konnte.

Sie führten die Pferde zu einem neuen Platz auf der anderen Seite des Pfades und eilten zurück zu ihrer neuen Barrikade. „Wir wollen unseren Angriff sofort beginnen, zwanzig von ihnen haben wir zerstreut, sie sind also geschwächt."

Die Männer der beiden Gruppen eilten auf ihre Plätze. Gaius begann wie besprochen sofort mit dem Angriff und er hatte richtig vermutet. Die Fremdlinge drangen mit ihrer gesamten Stärke auf sie ein, sie mussten zurückweichen.

Mit Geschrei feierten die Angreifer bereits ihren vermeintlichen Sieg, als sie von hinten angegriffen wurden.

Yakos Gruppe drang völlig überraschend auf sie ein und kannte kein Erbarmen. Er sah den Häuptling im Kampf gegen Gaius und seine Männer. Zusammen mit Gernot und Bolgur drangen sie bis zu ihm vor. Während die Fremden zum Teil schon die Flucht vor der unwiderstehlichen Wucht der Chatten ergriffen, schlug Bolgur dem großen Kerl mit der flachen Seite seiner Speerspitze mit einem gewaltigen Schlag auf den Kopf, so dass der mit einem Schmerzensschrei zu Boden sank.

Sofort waren mehrere Männer um Yako und Bolgur versammelt und schützten sie. Der Häuptling wurde gefesselt und der Kampf war schneller vorbei wie erwartet. Mit der Gefangennahme ihres Anführers verloren die im Kampf unerfahrenen Fremden den Mut und flüchteten.

1 7
TRAUER IN SCHWARZFELD

Ein wunderschöner Sommertag brach in Schwarzfeld an. Keine Wolke war am strahlend blauen Himmel zu sehen. Im leichten Wind schaukelten Schmetterlinge und unzählige Insekten über den Wiesen. In der Luft schwangen sich Schwalben in übermütigem Flug, Lerchen begrüßten jubilierend den Tag und die Menschen. Die Frucht auf den Feldern stand hoch und versprach reiche Ernte, erste blaue und rote Beeren reckten ihre Köpfe aus dem Gras am Waldrand.

Im Dorf aber herrschte große Trauer, ein alteingesessener Bauer, ein Legionär aus dem Kastell und der beste Freund des Dorfes, Saltius der Befehlshaber aus dem Kastell, waren im Kampf gegen fremde Eindringlinge gefallen. Wandur machte sich mit Ernal und Sanolf an die Vorbereitung für die Beerdigung.

„Wir warten nicht, bis unsere Männer zurückkommen, die Leichname unserer Freunde müssen beerdigt werden. Wenn die Männer zurück sind, werden wir die Götter anrufen, für die Gefallenen Opfer bringen und um Aufnahme in Walhall bitten." Sie gruben die Gräber und die Leichname wurden in sitzender Haltung mit dem Gesicht Richtung Sonnenaufgang mit ihren Waffen in der Nähe des Dorfaltars bestattet. Die Frauen legten gewebte Decken über sie und gaben ihnen notwendige Dinge des täglichen Bedarfs mit auf ihre letzte Reise.

Wandur machte ein Feuer auf dem Altar und opferte einen Hahn. Er sprach mit den Göttern und bat um gnädige Aufnahme der Bestatteten. Das war nur eine vorläufige Totenfeier, da die Männer aus dem Dorf und die Legionssoldaten bei der späteren Anrufung der Götter anwesend sein sollten.

Ulka dachte voll Schmerz an den Tod von Saltius. Was für ein wunderbarer Freund war er für das Dorf und für sie selbst gewesen. Er hatte sie immer verehrt, sie hatte es gespürt, aber ihm nie Freiheiten gestattet. Er hatte entscheidend mitgeholfen ihren Sohn Gernot zu finden und zurück nach Schwarzfeld zu bringen Seine Besuche in ihrem Langhaus waren über Jahre immer besondere Erlebnisse.

Sie fühlte tief mit ihrer Schwiegermutter Brigga die in stiller Trauer an dem Tod ihres lebenslangen Gefährten Rodulf litt. Svea, Gernots Gefährtin, setzte sich neben sie und nahm ihre Hand. Lange saßen die beiden Frauen so, es tat so gut jemand zu haben, der Zuneigung spüren ließ. Brigga umarmte Svea dankbar als sie ging. Viele Tränen waren bei der Bestattung geflossen, ein Wehklagen und Jammern von allen Dorfbewohnern war zu hören, aber der Abschied war endgültig, geliebte und wertvolle Menschen waren von ihnen gegangen.

Wandur beschloss mit einer Nachricht an das Kastell über die Verluste zu warten, bis die Männer zurück waren. Der Decurio musste einen offiziellen Bericht abliefern.

Im Lager des Gaius versuchten die Männer die schrecklichen Erlebnisse der letzten Tage zu verstehen und ihr inneres Gleichgewicht für den Alltag wieder zu finden. Alle sprachen voll Bewunderung über die Ruhe mit der Gaius die Befehle zur Abwehr und Bekämpfung der Angreifer gegeben hatte. Die überraschenden Angriffe auf die Fremden waren die Grundlage für ihren Sieg gewesen.

Bevor an sie an eine Rückkehr denken konnten, mussten sie noch die Reste der Eindringlinge verjagen. Gaius konnte sich wieder auf seinen Späher Sanert verlassen, der ihm berichtete, wo die Karren mit Frauen und Kindern sich befanden. Er brach mit der gesamten Truppe auf und traf schon nach einem halben Tagesritt auf das Lager. Es waren in der Mehrzahl nur Frauen und Kinder, insgesamt etwa hundert wie Sanert schon berichtet hatte. Die Männer waren in der Mehrzahl geflüchtet und verstreut durch die stattgefundenen Kämpfe.

Die Karren wurden an einer weiteren Flucht gehindert und Gaius wandte sich an einen Alten und verlangte durch Zeichen nach einem Sprachkundigen in der germanischen oder lateinischen Sprache.

Endlich kam eine junge Frau, die im Dialekt der Chatten sagte: „Ich spreche eure Sprache." Es war eine hübsche hochgewachsene junge Frau, die Blicke der Legionäre richteten sich auf sie. Scherzworte flogen durch die Luft: „Willst du meine Gefährtin werden?" „Du musst mir ein neues Gewand nähen, deine Freunde haben es aufgeschlitzt." „Ich werde dir ein Geschenk machen", bis Gaius den Übermut beendete und die Soldaten zurückschickte.

Die Fremde ging zu ihm und sagte: „Ich spreche die Sprache der Chatten, was befiehlst du?" Nun war der Decurio, genau wie seine jungen Soldaten, nicht unempfänglich für weibliche Reize, welche er bei ihr entdeckt hatte. „Wo hast du unsere Sprache gelernt?" „Auf unserer Flucht haben die Männer einen germanischen Jungen gefangen, mit dem habe ich mich oft unterhalten." „Ist er noch bei eurer Gruppe?" „Nein, er ist weggelaufen." „Wie heißt Du?" „Mein Name ist Irina."

„Wir haben euren Häuptling gefangen genommen, den werdet ihr nicht wiedersehen. Ihr müsst einen neuen bestimmen."

Dem langen Kerl, wie sie ihn jetzt alle nannten, hatten die Soldaten die Arme auf dem Rücken an den Ellbogen zusammengebunden und ihn mit einer Schlinge um den Hals an einem Pferd hinter sich hergeschleppt. Das war sehr anstrengend für ihn, er musste den Pferden nicht nur im Schritt, sondern auch im Trab folgen. Er lag etwas abseits an einem Baum und wurde von einem Legionär bewacht.

„Er war gewalttätig und nicht beliebt. Erst auf der Flucht ist er unser Häuptling geworden", sagte die junge Frau, „Als Häuptling wollen die meisten den alten Mann, mit dem du gesprochen hast Herr, Alkur ist sein Name. Er steht hinter dem Karren dort." „Rufe ihn her!" Der Alte kam. Gaius musterte ihn genauer, er war zwar alt, machte aber noch einen wachen, tatkräftigen Eindruck.

„Frage ihn, ob er die Flüchtlinge als Häuptling und Sprecher vertreten will", befahl Gaius. Der Angesprochene antwortete in einer für Gaius unverständlichen Sprache: „Er sagt, der Häuptling in unserer Gruppe muss gewählt werden, er kann das nicht bestimmen." In barschem Ton sagte der Decurio: „Ihr seid unsere Gefangenen, ich befehle, du wirst Häuptling." Alkur schwieg mit gesenktem Kopf. Irina sagte schüchtern: „Verzeiht Herr, aber es ist besser, wenn er gewählt wird. Ich werde sie überzeugen, dass es das Beste ist Alkur zu wählen, wenn du mir das befiehlst."

Die ist nicht nur hübsch, dachte Gaius, sie ist auch gescheit, das war ein kluger Vorschlag. „Ja. Ich befehle es dir!" Er ließ die Flüchtlinge durch seine Männer an dem Platz vor ihm versammeln und Irina gab seinen Befehl bekannt einen Häuptling zu wählen. Es gab allerdings nach dem Willen des Decurio nur einen Kandidaten und das war Alkur.

Alle Männer mussten vortreten und diesen an der Schulter berühren. Das war das Zeichen, sie hatten ihn gewählt. Wer ihn nicht wählen wollte, sollte sich seitlich von dem Decurio hinter eine Reihe Soldaten stellen.

Die Wahl war einstimmig für den Alten, keiner der Männer wagte es sich hinter die grimmig blickenden Soldaten zu stellen. Jetzt gab es für den Decurio noch eine andere Aufgabe zu lösen, er brauchte die Übersetzerin ständig in seiner Nähe, um mit den Fremdlingen im Gespräch zu bleiben und wie er sich eingestand jeden Tag ein freundliches Bild vor sich zu haben. Für ihn, der bisher noch ohne Gefährtin war, war eine Frau in seiner Umgebung wie Blumenschmuck auf dem Tisch.

Er fragte sie: „Bist du allein hier?" Die umstehenden Legionäre grinsten, sie hatten mitgehört und unterstellten dem Decurio nicht nur edle Absichten zum Nutzen der Kohorte. Er jagte sie mit einem Befehl auseinander: „Stellt Wachen rund um das Lager auf und lasst keinen rein und keinen raus. Zählt die Fremdlinge, Kinder, Frauen und Männer, ich muss das dem Präfekten melden."

Er wandte sich wieder an Irina: „Du bekommst im Kastell einen eigenen Wohnraum und wirst mit Essen versorgt. Dafür dienst du uns als Übersetzerin."

„Mein Gefährte ist in unserem Dorf geblieben, er wollte bei der Verteidigung gegen die Steppenreiter dabei sein. Meine Eltern sind geblieben, weil sie in ihrem Alter nicht mehr eine neue Heimat suchen wollten", sagte sie. „sie sind sicher von den wilden Reiterkriegern ermordet worden. Die kamen in solchen Mengen, da gab es keine Rettung. Ich habe keine Heimat, wenn du mich aufnehmen willst, komme ich gerne zu dir."

Zum ersten Mal lächelte sie als sie ihn ansah. Er gab ihr das Lächeln zurück: „Wir werden uns gut verstehen." Damit sie auch wirklich mitkommen konnte, befahl er einem Soldaten ein Pferd für sie von den Fremden zu besorgen.

Er rief Yako und Jodolf zu sich: „Wir müssen beschließen was wir mit den Fremdlingen machen wollen. Sie sind eine große Bedrohung für eure Dörfer, auch für unser Kastell und den Limes. Ich danke euch für eure große Hilfe, ohne die wir den Kampf nicht siegreich beendet hätten. Es gibt zwei Möglichkeiten, entweder führen wir die Fremden zum Kastel und überlassen dem Präfekten und dem Statthalter die weitere Entscheidung, oder wir weisen sie auf den Weg Richtung Mittagssonne, dann werden sie in einer größeren Entfernung auf den Limes stoßen und die dortigen Befehlshaber müssen entscheiden."

Yako ergriff das Wort: „Dein zweiter Vorschlag wäre mir lieber, dann hätten wir sie weit weg von unseren Dörfern und andere Fremdling werden durch sie erfahren, hier gibt es kein Durchkommen." Jodolf bestätigte diese Meinung, das wäre auch sein bevorzugter Vorschlag.

Gaius rief Irina und Alkur, die sich auf die groben Bänke zu den Männern setzten. Irina übersetzte dem neu gewählten Häuptling den Plan, der soeben besprochen wurde und übersetzte auch gleich die Antwort: „Wir sind müde von einer Wanderung, bei der wir jetzt schon den zweiten Sommer erleben und wissen nicht was uns dann dort erwartet, aber ihr könnt über uns bestimmen und wenigstens hätten wir dann ein Ziel. Ich werde es so erklären, zeigt uns den Weg, dann ziehen wir morgen früh los." Gaius ergänzte: „Wir lassen euch eure Waffen und Vorräte, nur ein Pferd für Irina brauchen wir, sie bleibt hier als Übersetzerin. Euren früheren Häuptling nehmen wir mit, den seht ihr nicht wieder. Sage deinen Leuten, so ergeht es allen die sich gegen uns stellen."

Alkur entfernte sich, er hatte nun keine leichte Aufgabe die Fremdlinge von dem Plan zu überzeugen. Er wusste, dass sie noch gut davongekommen waren. Sie hätten auch in der Sklaverei oder auf einem Opferaltar enden können.

Yako meldete sich zu Wort: „Decurio wir sind dir genauso zu Dank verpflichtet, ohne deine Soldaten hätten uns die Fremden überrannt und unser Dorf geplündert. Wir haben beide schwere Verluste einstecken müssen, bei dir der Centurio und dein Späher, bei uns mein Vater. Jetzt zieht es uns nach unseren Dörfern, wir wollen bei den Bestattungen zu Hause sein. Wandur hat sicher schon alles vorbereitet und die Toten sind in ihren Gräbern, aber wir wollen Opfer bringen, um die Götter gnädig zu stimmen und die Toten zu ehren."

„Ihr könnt euch morgen verabschieden. Hordula muss mit ins Kastell kommen, dort unseren Bericht über die Erkundung in der gewünschten Form abgeben. Da wird der Centurio Lucius seine eigenen Vorstellungen haben. Die Bestattung von Saltius werdet ihr in Schwarzfeld durchführen wollen. Ich denke der Präfekt wird zustimmen, er weiß, wie eng er mit euch verbunden war. Wir müssen den Abzug der Fremden überwachen, ich werde zwei Soldaten für die nächsten Tage mitschicken. Sie sollen beobachten, ob die auch den vorgegebenen Weg ziehen. Dann kommen wir einen Tag nach euch auch nach Schwarzfeld und wollen bei den Opfergaben für Saltius dabei sein. Den langen Kerl der Fremdlinge bringen wir mit, den wollt ihr bestimmt auch dort haben."

Mit diesen Nachrichten gingen Yako und Jodolf zu ihren Männern. Alle freuten sich auf die bevorstehende Heimkehr.

Große Freude herrschte bei der Heimkehr der Männer in Schwarzfeld. Alle waren wohlauf, nur Rodulf hatte sein Leben für das Dorf opfern müssen. Kleinere Schrammen und Kratzer, Beulen und andere Verletzungen wurden von kundigen Händen sofort behandelt. Wandur traf die Vorbereitungen für den nächsten Tag. Wenn die Auxiliarsoldaten ankamen sollte die Opferung am Altar stattfinden.

Die Kämpfer aus Hirsfild mit Jodolf an der Spitze verabschiedeten sich Richtung Heimatdorf. Schon am nächsten Tag um die Mittagszeit traf Gaius mit seiner Truppe ein. Er kannte Schwarzfeld, da er mit Saltius einige Male hier war. Die Pferde und Männer wurden auf die verschiedenen Höfe verteilt. Gaius wurde zusammen mit zwei Legionären und Irina in Wandurs Langhaus einquartiert. Nelda versorgte sie.

Der Späher Sanert, der gute Dienste für die Truppe geleistet hatte, kam mit zwei Kameraden in Yakos Haus. Als Erstes versorgte er sein Pferd und die seiner Kameraden. Ulka bewirtete sie, er sah sie bewundernd an, er konnte nicht anders. Sie war einzig in seinen Augen.

Ulka sah seine Bewunderung und lächelte zu ihm hin. Für sie war es normal, dass Männer sie bewunderten, aber nach den letzten traurigen Tagen und ihren Gedanken an Saltius, taten ihr die Blicke und das Lächeln des jungen Mannes doch sehr gut. Jetzt habe ich wieder einen Bewunderer mehr, dachte sie, auch der wird keine Gunst von mir erringen. Jedoch, allzu leicht kann man sich auch einmal irren.

Der Häuptling der Fremdlinge wurde zerschunden und erschöpft zum Altar geschleppt und an die große Eiche gebunden.

Als die Dorfbewohner hörten, er war der Mörder von Saltius, wurde er beschimpft und mit Steinen beworfen. Prügel hatte er unterwegs nach Schwarzfeld ausgiebig bekommen, die spürte er kaum noch. Mit Feuer wollten ihm die Frauen und Jugendlichen noch einmal ordentlich ihren Zorn zeigen. Kurze Stöckchen wurden angespitzt, ihm in die Haut gebohrt und angezündet.

Das war zu der Zeit als unsere Geschichte spielt keine unmenschliche Quälerei, sondern Opferdienst für die Götter zu Gunsten der Ermordeten. Ohne dieses Opfer wäre das ein großes Versäumnis der Trauernden gewesen und eine Missachtung der Toten.

Das ganze Dorf und die römischen Soldaten waren versammelt, sie waren alle Germanen und glaubten an ihre Götter, Allvater Wotan, den Donnergott Thor, Baldur, den Edlen und andere. Von Jupiter, dem Gott der Römer wussten sie nur, dass ihre Götter mächtiger waren.

Der Seher entzündete ein großes Feuer auf dem Altar. Yako brachte ein Lamm, welches geopfert werden sollte. Der Seher stand mit dem Rücken zu den Versammelten, er hielt Zwiesprache mit den Göttern, kein Laut war von den Anwesenden zu hören. Er reckte seine Hände mit den heiligen Stäben empor und rief nacheinander nach den vier Himmelsrichtungen:

„Wotan, Herr der Welten,
herrliche Helden kommen zu dir,
wir bitten dich,
gib gnädig Raum in Asgard für sie.
Leicht gaben sie Leben für ihre Lieben,
wir achten sie mit unserem Opfer
und bitten dich nimm es an."

Das Lamm wurde geopfert, sein Blut über den Altar und das Feuer verteilt. Es folgten weiter Worte von Wandur welche die Anwesenden nicht verstanden, dann in der folgenden Stille waren die Klagerufe der Trauernden zu hören.

Noch einmal richtete sich aller Zorn gegen den langen Kerl, der kraftlos in seinen Fesseln am Baum hing. Yako und Sanolf, die Freunde des Centurio und Söhne des ermordeten Rodulf legten ihm eine Schlinge um den Hals, das Seil warfen sie über einen Ast der Eiche und zogen ihn hoch. So endete sein Leben fern seiner Heimat als Opfer für von ihm Gemordete und für die Götter.

Die Trauergäste wurden zu einem Trunk in Rodulfs Langhaus eingeladen. Ulka und Svea schenkten für die Männer Becher mit Bier ein, für die Frauen gab es roten Wein und die Kinder durften mit Honig gesüßten Saft der Holunderbeere trinken. Die Gespräche gingen um die Verstorbenen und die Männer mussten erzählen, wie sie ihr Leben im Kampf verloren hatten. Brigga wollte es nicht noch einmal hören und setzte sich mit ihren Nachbarinnen abseits.

Der Späher Sanert dachte nur an Ulka und gab sich große Mühe sie nicht dauernd anzustarren. Sie war sein Idealbild einer Frau. Er saß zusammen mit Gaius und

Hordula und hörte zu wie die Beiden besprachen was noch in ihrem Bericht aufgeführt werden musste. Hordula hatte ein erstaunliches Talent erkennen lassen, der Bericht war knapp aber enthielt alle wichtigen Vorkommnisse. Zuletzt hatte er die von den Soldaten ermittelten Zahlen der Fremdlinge eingetragen:

33 anwesende Männer,

etwa 20 geflüchtete Männer,

9 im Kampf gefallene Fremdlinge,

50 Frauen und

26 Kinder.

Insgesamt CXXXVIII (138) Personen welche zu Fuß und mit zweirädrigen Karren unterwegs waren, außerdem einen Gefangenen, den Häuptling. Für die Karren hatten sie 16 kleine magere Pferde. Zum Teil mussten die Karren auch von den Fremdlingen selbst gezogen werden.

Hordula hatte alle Informationen vollständig erfasst und in Latein aufgeschrieben, man musste ihn bewundern.

Schon bald begaben sich alle zu ihren Nachtlagern.

Gaius wollte am folgenden Tag zurück zum Kastell, aber das ließen die Dorfbewohner nicht zu und sie mussten noch einen Tag bleiben.

Ulka zog es in den Wald. Sie wollte Beeren sammeln und allein sein, ihre schwermütigen Gedanken überwinden. Die hingen immer noch an Saltius, davon wollte sie loskommen. Yako war träge ihr gegenüber geworden, wann hatte er sie ein letztes Mal in den Arm genommen und sie liebkost? Sie konnte sich kaum daran erinnern. Er hatte schwere Aufgaben hinter sich gebracht, erst Gernot und jetzt die Fremdlinge.

Sie war wie in einem halbwachen Zustand und wollte die Gedanken an Saltius loswerden, sie schimpfte sich selbst eine alberne alte Frau. Die Schale mit Himbeeren war halb voll, als sie hinter sich ein Geräusch hörte.

Erschrocken wandte sie sich um. Sanert, der Späher des Decurio kam lächelnd und mit ausgebreiteten Armen auf sie zu. Er umarmte sie, die noch nie einem anderen Mann als Yako das gestattet hatte. Sie war völlig willenlos, es war ihr als hätte sie gerade darauf gewartet.

Er liebkoste sie, sie wehrte ihn nicht ab, erwiderte aber seine Liebkosungen auch nicht, sie verstand nicht, was mit ihr geschah. Dann sanken sie auf das weiche Bett aus Moos zu ihren Füssen. Und erst als alle Leidenschaft, aller Kummer vergangen war, stand Ulka auf und sagte zu ihm: „Vergiss mich sofort und gehe zurück in dein Kastell, komme nie wieder hierher. Rede nicht über mich, sieh mich nicht an. Yako könnte dich töten! Ich werde dich jetzt sofort auch vergessen. Geh!" Sie hatten keine Zeugen, die sich verwundern konnten, die mächtigen Buchen blieben unbewegt, die Büsche wiegten sich im sanften Wind.

Seinen Abschiedsumarmung wehrte sie energisch ab, aus, vorbei. Sie war wieder sie selbst und fühlte sich befreit, ihr war als hätte sie eine alte Schuld abgetragen.

Er ging zurück zum Gehöft, die Frauen werde ich nie verstehen, dachte er. In ihrer abwehrenden Haltung war sie ihm noch schöner, noch begehrenswerter erschienen, eine Königin.

Als sie die volle Beerenschale bei Svea ablieferte, war er schon nicht mehr da. Sie berichtete ihr, dass ein Soldat von dem Decurio zusammen mit Hordula zurück zum Kastell geschickt worden war, sie sollten den Bericht von Hordula beim Centurio abliefern.

Gaius mit dem Rest der Truppe zog am darauffolgenden Morgen ab. Es war ein herzlicher

Abschied unter Freunden, zwischen Römern und Chatten. Die kluge Politik der Befehlshaber im Kastell und der Dorfhäuptlinge trug ihre Früchte.

18
ZURÜCK IM KASTELL

Hordula überreichte dem Centurio Lucius seinen Bericht. Er fragte: „Wann kommt der Rest der Truppe mit dem Centurio?"

„Der Centurio wurde ermordet, wir konnten es nicht verhindern. Der Späher Irvin wurde von den Fremdlingen gefangen genommen und auf grausame Art erschlagen. Gaius kommt mit dem Rest der Truppe morgen aus Schwarzfeld."

„Bist du allein gekommen?" „Der Decurio hat Sanert mit zurückgeschickt."

„Ich werde deine Blätter lesen, dann müssen wir den Bericht schnellstens zu dem Präfekten bringen. Der Tod von Saltius ist ein schwerer Verlust."

Am nächsten Nachmittag kam Gaius zurück. Er wies Irina als Erstes ein Zimmer zu, um die Einrichtung und ihre täglichen Aufgaben wollte er sich später kümmern. Dann meldete er sich bei Lucius und kurze Zeit später machte er sich mit Hordula auf den Weg nach Nida, um dem Präfekten den Bericht zu überreichen.

Sie meldeten sich früh am Morgen bei dessen Sekretär und wurden nach kurzer Wartezeit vorgelassen. Gaius stellt Hordula vor: „Das ist Hordula, ein Germane aus Schwarzfeld, er hat den Bericht verfasst, Herr."

Sie mussten warten und der hohe Herr vertiefte sich in die einzelnen Blätter. Dann wandte er sich an Hordula: „Ich spreche dir meine Anerkennung aus, du hast einen brauchbaren Bericht erstellt." Dann zu Gaius gewandt: „Du hast nach dem Verlust des Centurio die Truppe vor der Vernichtung bewahrt und die Erkundung erfolgreich beendet. Ich werde dich befördern. Du kannst mir zwei verdienstvolle Auxiliarsoldaten aus der Truppe nennen, welche ich zu Unteroffizieren befördern werde."

Gaius bedankte sich. Der Präfekt schnitt ihm das Wort ab: „Bedanke dich nicht, befördert wird nur wer es verdient hat."

Als nächster war Hordula an der Reihe: „Dir biete ich eine Stelle im Kastell als Sekretär an. Der jetzige Sekretär ist alt, die Stelle muss neu besetzt werden."

Das war ein ehrenvolles Angebot für ihn, aber dazu musste er seine Eltern hören, er war Erbe des Hofes und die Eltern wollten dem Sohn das Erbe übergeben. „Sprich mit deinem Vater und melde dich mit der Entscheidung beim Centurio Lucius."

Das war kurz und knapp der Kommentar des Befehlshabers der Kohorte zu dem Ausgang der Erkundung. Was der Statthalter beschließen würde in Bezug auf die Fremdlinge, das wurde hier nicht besprochen. Nur eine Bemerkung machte er zu den Fremden: „Ob deine Entscheidung richtig war die Fremdlinge weiterzuleiten in Richtung Süden und was mit

160

ihnen geschehen soll, das werden der Statthalter unserer Provinz und der Legatus, der Befehlshaber unserer XXII. Legion, entscheiden. Ich kann dir, Decurio bestätigen, dass du deine Aufgabe gut gelöst hast und uns wertvolle Erkenntnisse gebracht hast. Der Tod des Centurio Saltius ist ein nicht wiedergutzumachender Verlust. Jetzt ist Lucius gefordert, der schneller wie erwartet Centurio im Kastell wird. "

Der Präfekt wusste, der Strom der Fremdlinge würde stärker werden und schwere Zeiten kamen für das Römische Reich. Wie spätere Jahre zeigten, konnte auch der perfekt gebaute Limes die Grenzen nicht dauerhaft schützen. Der mächtige Strom der Barbaren beendete ruhmreiche Jahre der Römer.

Gaius und Hordula wurden gut bewirtet und übernachteten in der Residenz des Präfekten. Dieser ließ ihnen mitteilen, dass er einen Gedenkstein für Saltius in Auftrag geben würde. Er war einverstanden, dass die Chatten den Stein in Schwarzfeld am Grab aufstellten.

Centurio Lucius hatte den schweren Gang zu Herdis, der Gefährtin von Saltius hinter sich gebracht und ihr die traurige Nachricht vom Tod ihres Liebsten übermittelt. Sie war völlig fassungslos und mutlos das Landgut allein weiterzuführen. Ein Plan reifte in Lucius, er würde das Gut übernehmen, ein vorerst geheimer Plan.

Er sprach Herdis Mut zu und bot ihr Unterstützung an. Bei der Rückkehr im Kastell traf er Gaius und Hordula. Der Besuch beim Präfekten war militärisch nüchtern abgelaufen. Die angedeuteten Beförderungen waren verdienter Lohn für die erbrachten Leistungen. Mit Gaius verstand er sich gut und er freute sich auf dessen Unterstützung.

In Schwarzfeld hatte Hordula viel zu erzählen. Die Männer saßen im Langhaus seines Vaters Helmfried zusammen und er berichtete. Helmfried war stolz auf seinen Sohn, ein solches Angebot von dem Präfekten war schon etwas Besonderes. Mutter Garda wollte ihn auf dem Hof behalten. Tochter Tanka war zwar im richtigen Alter, aber ein Gefährte war noch nicht in Sicht.

Der Gedenkstein für Saltius wurde freudig begrüßt, Hordula konnte den Bauern auch den Text der Inschrift wiedergeben: „Saltius Marcus, Offizier der 22. Legion, 49 Jahre, ruht im Land der Germanen."

SALTIUS MARCUS
CENTURIO LEGIONIS XXII
ANNORUM XLIX
IN TERRAE TEUTONIS SITUS EST

Hordula entschied sich, er würde in Schwarzfeld bleiben und nicht Sekretär im Kastell werden. Für ihn zählte auch, dass er bei Wandur lernte die Götter anzurufen und den Segen für das Dorf zu erflehen. Das Dorf brauchte einen Seher und Wandur hatte ihn als seinen Nachfolger ausgewählt.

Die Entscheidung von Ernal und Gerda fiel am gleichen Abend. Auch sie wollten in Schwarzfeld bleiben und den Hof der Eltern übernehmen.

Bei Gernot und Svea gab es keine Zweifel, sie blieben auf dem Hof von Vater Yako und Mutter Ulka. Bei Svea hatten die dramatischen Erlebnisse der letzten Tage einen tiefen Eindruck hinterlassen. Welch tüchtige Menschen waren hier in Schwarzfeld ihre Freunde und Nachbarn. Hier wollte sie bleiben.

Ulka freute sich, Gernot hatte eine wunderbare Gefährtin gewonnen. Sie ist so wie ich, dachte sie. Und Yako war sehr zufrieden mit dieser Entscheidung der jungen Leute. Er liebte es zunehmend am Herdfeuer zu sitzen und mit Wandur zu sprechen oder einfach nur sein abenteuerliches Leben in Bildern an sich vorbei ziehen zu lassen. Ulka hatte recht, er wurde träge.

Sie unterhielt sich am liebsten mit Svea und verrichtete mit ihr gemeinsam die tägliche Arbeit.

Sie beobachtete die jungen Leute und wünschte sich sehr die Ankunft eines Nachkommen. Und da sollten sie Gernot und Svea nicht im Stich lassen.

-ENDE-

Literatur

S. Fischer-Fabian, Die ersten Deutschen, Droemersche Verlagsanstalt

GEO Epoche Nr. 34, Die Germanen, Gruner + Jahr

Baatz Herrmann, Die Römer in Hessen, Konrad Theiss Verlag

Hans W. Fischer, Götter und Helden, Deutsche Buch-Gemeinschaft 1934